U0909649

秘密小木屋

Henry and The Clubhouse

【美】贝芙莉·克莱瑞 著

张晓茵 译

晨光出版社

图书在版编目（CIP）数据

秘密小木屋 / (美) 贝芙莉 · 克莱瑞著；张晓茵译
. — 昆明：晨光出版社, 2024.1
（国际文学大师书系）
ISBN 978-7-5715-2096-0

Ⅰ. ①秘… Ⅱ. ①贝… ②张… Ⅲ. ①儿童小说－中篇小说－美国－现代 Ⅳ. ①I712.84

中国国家版本馆CIP数据核字(2023)第221426号

秘密
MIMI XIAO MUWU
小木屋

【美】贝芙莉 · 克莱瑞 著
张晓茵 译

出版人　杨旭恒

策　　划	黄　楠　萌　莹	排　　版	云南安书文化传播有限公司
责任编辑	张　萌	印　　装	昆明业成印务有限公司
装帧设计	唐　剑　陈　蒙	经　　销	各地新华书店
责任校对	杨小彤	版　　次	2024年1月第1版
责任印制	廖颖坤	印　　次	2024年1月第1次印刷
出版发行	晨光出版社	书　　号	ISBN 978-7-5715-2096-0
地　　址	昆明市环城西路609号新闻出版大楼	开　　本	145mm×210mm　32开
邮　　编	650034	印　　张	5.75
电　　话	0871-64186745（发行部）	字　　数	80千
	0871-64186270（发行部）	定　　价	29.00元

晨光图书专营店：http://cgts.tmall.com

序言

在和我的小读者们一样大的时候，我读书总是跳过序言，因为等不及要进入故事，好读个痛快。读完以后，如果喜欢那个故事，我就会回过头去，读一读在开始就该读的序言部分。如果我不喜欢那个故事，它的序言也自然弃之不读了，因为不管作者要在里面说什么，我都不感兴趣了。而现在的我，却在给这本书写序言。这本书是我第一次正儿八经尝试创作的产物，那些在学校里写的作文自然不算在内。小读者们若不想读，就跳过去吧。不过，若现在不读，我还是希望你们在看完故事之后，能回头来看看这个序言。

关于这本书，我能告诉你们什么呢？首先，回想写这本书的时候，我自己都没想到能把它写完。虽然我很小的时候就梦想能写些东西，但苦于想法混沌不清，自然不知该从何写起。我想过写一个小姑娘的故事，毕竟我自己也曾经是个小姑娘，作家不就是应该写自己了解的事情嘛。

时光荏苒，一晃我就三十出头了。少时的写作梦已经做了很长时间，动笔的那一天终于到了。我曾于繁忙的冬季在书店工作，我的任务就是推销一本和小狗有关的故事书。那只小狗会说话：“汪汪，我喜欢绿草。”我想，哪有小狗会这么说话，反正我自己从没见过。我知道我有能力写一本更精彩的故事书。

我坐在一张旧餐桌前，餐桌放在一个空空荡荡的房间里。这个房间原本是一个卧室。我一直坐着，坐着，想构思一个小姑娘的故事，却又想不出只言片语。我看着鸟儿在桉树上叽叽喳喳地歌唱，我把猫从笼子里放出来，又把它关进去。我胡乱地写了几行和一个小姑娘有关的句子，简直痛苦极了。后来我想明白了，连自己都读不下去的故事，别人又怎么会爱读呢？似乎在整个孩提时代，我要么在读图书馆里借来的书，要么就在织擦拭杯盘用的抹布。我是不是已经忘了该如何写故事了？未必！我坐着想啊想，突然想到了一群来给我帮忙的小男孩。那个时候我还是一个儿童图书馆的管理员，图书馆在华盛顿州的亚基马县。这些不爱读书的小男孩活泼好动，他们是附近圣约瑟夫学校的老师派来帮忙的，任务是找一些他们喜欢的书。他们两两一组排着队，镇定地齐步走进图书馆，一直走到通向地下儿童阅览室的楼梯口，随即队形大乱，跳叫嬉闹起来。我的任务就是找些他们可能爱看的书，而他们则要回去读这些书，第二个星期回来向我汇报读书心得。

事后证明，这件事比我想象的困难得多。图书馆书架上的书，他们爱读的极少。终于，其中一个孩子憋不住了，他问道："我们小朋友爱看的书在哪儿呢？"其他孩子听了之后也频频点头表示认同。是啊，孩子们爱读的书到底在哪儿呢？事实是，一本都没有。我使出浑身解数，找到了几本和狗有关的故事书。如果故事里的狗没在最后死掉的话，他们才会觉得这故事还凑合。对了，我还找到几本和熊有关的书。

认识这帮男孩十年之后，我坐下来开始打字。那时我创作欲正盛，梦想着有一天能当个作家。我脑袋里琢磨着那帮男孩，还加上所有我认识的男孩，他们来自普通家庭，通常住在老旧的街区，屋前有草坪，还有两旁种满树木的街道。这些男孩没有经历过惊心动魄的冒险，但并不妨碍他们寻找属于自己的乐趣。

灵感来了。我不去构思什么女孩的故事了，就写一个男孩的故事吧。这个男孩的名字就叫亨利·哈金斯，一个萦绕在我脑海里很久的名字。亨利会有一只狗，那种在城里随处可见的土狗。这是因为，我们读过的故事里的狗，一般都是那种在乡间生活的名贵狗。我的创作灵感源自一个真实的故事。一位处于两难境地的母亲向我描述了一个让她颇感苦恼的事情，她的两个孩子想要坐有轨电车时把一只流浪狗带回家。我随后就体会到了根据自己的喜好对真实故事进行改编的乐趣，两个孩子变成一个孩子，有轨电车变成公共汽车……我还发现，我不知道如何“写”故事，但我知道如何“讲”故事。我想象着我在给以前亚基马县的小听众们讲故事，边讲边写下来。我认为，要为小读者们创作，归根到底就是把一个精彩的故事给讲出来。

怀着愉快的心情，我把写好的一个小故事寄给了一位出版商。据说这位出版商非常喜欢简单易读的东西。书稿虽已寄出，但我发现亨利仍然在我脑海里挥之不去。我的大脑就像一个装满了各种想法的垃圾袋。这些想法是从一堆各式各样的想法里挑出来的，有的是自己的回忆，有的是从他人那里听说的趣事，有的是报纸文章里的故事，还有的是无意间听到的一段对话，总之是我周围世界里发生的事情。如此种种，一切的一切，全都在拨动我想象的琴弦。

寄出的书稿很快就寄回来了。让我没想到的是，一同寄回的还有一封信。那封信鼓励我继续往下写，把故事寄给杂志社，最后把它们组织成一个篇幅完整的小说。说得对啊！看来我比自己想得更出色啊，可我对杂志并无兴趣。因此我静下心来，以一周写一章的速度，一连写了五个关于亨利的故事。这一次我是用纯手写的方式完成的，因为我不喜欢用打字的方式，这个习惯到现在依然如故。写着写着我竟然把一个男孩的故事写完了，除了最后一章还有不满意之处，故事情节都已完成。对此我自己也颇感意外。接下来我加班加点，敲出文稿，并把书稿邮寄给了少儿出版社，因为在书店工作的人都知道，编辑伊丽莎白·汉密尔顿在业界颇具声望，她以眼光独到著称。

这一次我非常急切地盼望着回信，连邮递员都好奇地问我，到底在等什么。每次询问邮递员，他都摇头表示没有我的信。直到六个星期之后，他终于绕过我的邮箱，手里挥舞着一个信封直奔我的家门而来。有我的信！我的稿件没有被退回，是编辑给我写的回信。

伊丽莎白·汉密尔顿在信里说他们对我的书稿很感兴趣，问我能否考虑对最后一章做些修改。我当然愿意喽。事后证明，所做的修改也很微不足道。即便是最后一章，在听取了伊丽莎白专业的建议之后，所有问题也都很快解决了。待我将书稿寄回之后，伊丽莎白回信告诉我，书稿已被接受，并说亨利的故事将会成为那个秋季最令人期待的图书。以此信为起点，我的很多书稿后来都顺利出版了，我也成为——用小读者们在那之后五十年里最常用的词来说——一个真正长盛不衰的作家。

贝芙莉·克莱瑞

Beverly Cleary

目录

第一章
亨利去兜风

亨利刚开始送报纸的时候，脑袋里总会闪现出许多好的点子。但是，这些点子总是不按照他的想法进行，总是会有些意外的事情发生。

比如这天，十月的一个周六下午，亨利无所事事，距离要送报纸的时间还早。他在家里晃过来晃过去，晃进厨房，打开冰箱，看看能不能找到些吃的。他有两只宠物，小狗小排骨和小猫小闹闹。它们听到冰箱门打开的声音，也跑了过来，想看看主

人有没有什么东西可喂它们的。

“亨利，你刚吃过午饭呢。”哈金斯夫人说。她刚洗完亨利的运动裤，正手忙脚乱地把裤腿上带

金属扣的松紧绳塞进去："你不能找点儿别的事情干吗？别每过五分钟就来开冰箱门。"

"我想想，妈妈。"亨利答道。他正想着要动手做些什么，比如搭个屋子，可以是给小狗住的狗窝，或是建在树上的树屋，或是和小伙伴一起玩耍的秘密基地。树屋应该比较困难，不过他相信，狗窝或秘密基地是他可以搞定的，只要有木头和钉子。

"你思考的时候可以先把冰箱门关上。"哈金斯夫人笑着提醒道。此刻，她已经把亨利的湿裤子平摊了开来，正准备把它挂到水槽边："你就自个儿去找点儿事情做吧。"

"遵命，妈妈。"亨利边应着，边从后门走了出去。他去找事情做了，去干点儿什么呢？他想啊想。他可以去找比苏斯下跳棋（顺便说下，比苏斯真正的名字叫贝亚特丽斯）。不过，她还有个妹妹叫雷梦拉。这个小女孩可淘气了，可能会在旁边捣蛋，这样他们的跳棋就下不好了。他也可以去找

好朋友莫菲，他可是学校里最聪明的男孩子。他想去看看，莫菲是不是正在自己家的车库里捣鼓着什么。他也可以试着去向更多的人征订报纸。说起来，这才是他真正该做的事情。可是，他并不急着现在就上门去按别人家的门铃。不，他真正想去做的事情，是动手搭建点儿什么。他决定去克利基塔特街转一圈，看看能不能找到木箱子来搭个狗窝。这应该是最容易搭建的屋子了，也不需要太多木头。

这时，亨利已经溜达到了自家屋子的侧面。他注意到，隔壁邻居的小轿车正停在车道上，车尾后面还挂着一辆长长的拖车。哈，这可有点儿意思，亨利暗自想。邻居家的格鲁比先生准备把什么东西拖走呢？

邻居家的前门开着，屋里的格鲁比先生似乎正背对着门，往门口方向倒着走。这就更有意思了。格鲁比先生为什么不面朝着门正着走呢？渐渐地，他的身影越来越清晰。现在，亨利看得更清楚些了，格鲁比先生正在用力拽着什么东西。

亨利决定彻底搞个明白。从邻居家的前门院子看去，他发现是一个旧浴缸。格鲁比先生用力往后拽，格鲁比夫人用力往前推。浴缸已经被推挪到了门口铺的旧毯子上。

格鲁比先生停下来擦了擦额头。“天哪！”他大声说，“这个旧浴缸像战舰一样沉。”

“我能帮上什么忙吗？”亨利急切地问道。毕竟，妈妈让他找点儿事情做呢。

“当然可以，”格鲁比先生说，“你到浴缸另一边去，帮忙一起往前推吧。”

亨利跨步跑上了门口的台阶。浴缸堵住了门，他只好爬进了浴缸，再往外爬到另一侧，和格鲁比夫人一起往外推浴缸。

亨利心里有点儿疑惑，格鲁比一家以后是不准备洗澡了吗？但他又不好意思这么问，觉得不太礼貌。于是，他换了种方式，问道：“你打算怎么处理这个浴缸呢？”

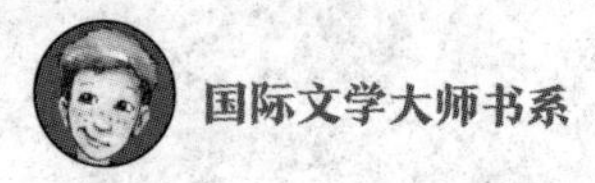

“我要把它扔到回收站去，”格鲁比先生回答他，“或者，你需要的话也可以拿走。我们在翻新家里的卫生间，得把旧浴缸扔掉才能放得下新的。新浴缸下周一就到了。”

亨利想了想，把这个旧浴缸放到院子里，可以做很多好玩的事情。他可以把小排骨放在里面洗澡，或者在大热天自己冲凉，或者在节日的时候用它来搞苹果大战。他还可以把秘密基地建在浴缸旁，如果能找到足够多的木头的话。总之，能做的事情太多了。把浴缸放在院子里，比放在卫生间里好玩多了。但是亨利知道，他的妈妈并不这么想。

“啊，我还是不要了吧，谢谢你，格鲁比先生。”亨利遗憾地打消了这个想法。然后，他有了个更好的主意。新浴缸送来的时候，一定是带着外包装的。也许，格鲁比先生可以把装浴缸的木箱子给他，这样他就能搭个狗窝了。

这个时候，已经有不少邻居陆续聚到了格鲁比先生家门口，大家都想看个究竟。就连小排骨也兴

致盎然，之前它还在自家门口的垫子上打着盹儿，现在也跑了过来。格鲁比先生用绳子把浴缸绑好，亨利和其他邻居帮忙扛起绳子。这样可以把浴缸抬离地面，减少阻力。所有人一起哼哧哼哧地扛着浴缸下了台阶，又推着它过了院子里的草坪，再一起把它抬上拖车。最后，格鲁比先生用绳子把浴缸牢牢地固定在拖车里。

“想不想跟我一起去回收站？”格鲁比先生问亨利。

回收站！亨利立刻在脑子中盘算了一下，回收站里可能会有些什么废弃杂物呢？旧浴缸？洗衣机？轮胎？婴儿车？到底能找到些什么物品，亨利现在也说不上来。说不定，他还能找到些木箱子带回家呢。

“我能坐在拖车上的浴缸里吗？”亨利急切地问道。

“你当然可以坐在浴缸里。”格鲁比先生欣然答应了，“那你现在去问问你妈妈吧，能不能跟我一起去回收站？”

亨利跑向了自家厨房的窗户外。“妈妈，妈妈！格鲁比先生愿意开车带我一起去回收站。我能去吗？”

“去吧，亨利。”妈妈的声音从窗户里飘了出来。

“来吧，小排骨，我们出发了！”亨利蹦蹦跳跳地穿过草坪，攀上拖车，爬进浴缸。小排骨也跳进了浴缸，挤着亨利坐下了。

“都准备好了吗？”格鲁比先生边打开前面的轿车门，边问道。

“都准备好啦！”亨利答道。于是，格鲁比先生缓缓地开着车上了主路。

浴缸不像车座那样有减震装置，坐在里面很颠簸，不过亨利并不介意。从来没有其他邻居坐在浴缸里出门兜过风。他的朋友斯库特和罗伯特正在路边玩游戏，亨利大声地向他们打招呼，朝他们挥手。这两个小伙伴惊讶地看着他。小排骨把爪子搁在浴缸边缘，汪汪汪地叫起来。

他们到了第一个十字路口，格鲁比先生停车等待绿灯。亨利看见他的朋友比苏斯和她的妹妹雷梦拉，雷梦拉在下巴上用透明胶带粘了一堆绳子。亨利猜测，她是在模仿电视上巴德警长的一种装扮。巴德警长有好多种装扮。顺便说下，雷梦拉从来没有落下过一集他的节目。

“嗨！”亨利喊道。

“嗨，亨利。”比苏斯羡慕地看着浴缸里的亨利。亨利看得出来，她也希望能坐在浴缸里兜兜风。

雷梦拉严肃地指着亨利：“记住——只有你，可以预防森林火灾！”

亨利没有理睬雷梦拉。他知道，她只是在重复从电视上听到的台词。整个夏天，动画片里的冒烟小熊都在说这句话。

“我走啦！”亨利对比苏斯喊道。路口可以通行了，格鲁比先生发动了车，继续往前开。

小排骨有些累了，扒着浴缸的边缘叫了好一阵。它把身子蜷缩起来，打起了瞌睡。不过，每当拖车颠簸时，它就抬起头，一副很恼火的样子。在浴缸里，行驶中发生的小小碰撞，都产生巨大的颠簸。他们沿着克利基塔特街一路颠簸，开到了一条主干道上，这时亨利有了主意。

亨利畅想着！他在浴缸里坐直，然后点头，挥手，假装从头上摘下一顶帽子。格鲁比先生的小轿车变成了一辆坦克，在他前面沿着大街开道。空中飞过一架飞机，此刻变成了战斗机编队。亨利可以

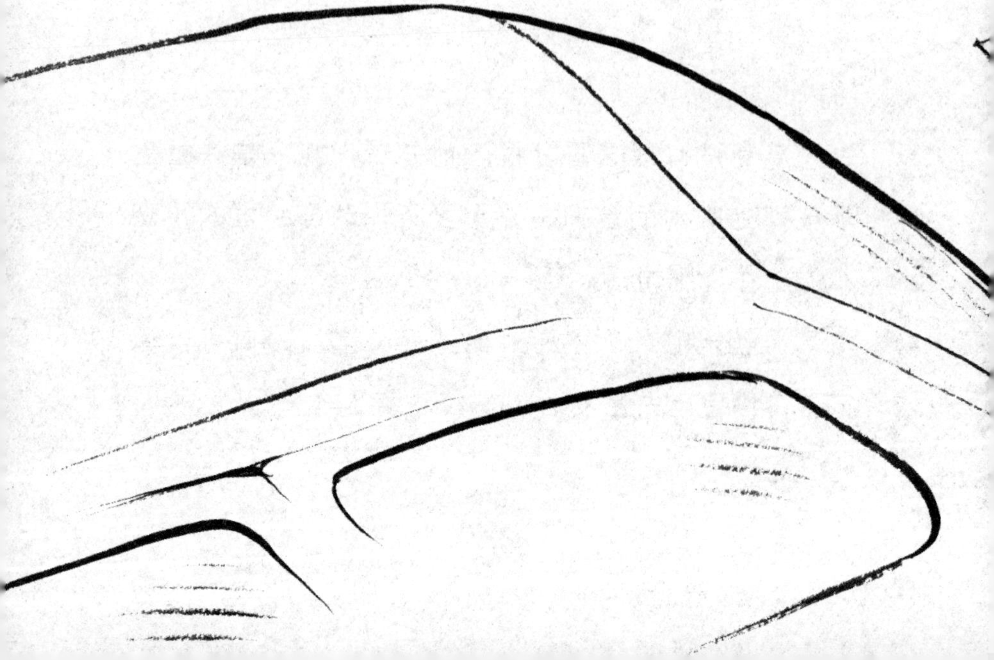

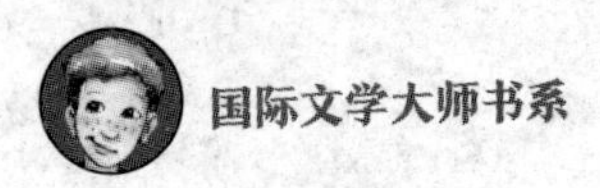

真切地听到人群里的欢呼声，他们沿着路边站好，争先恐后地围观着亨利。这是一条通往白宫的路。

亨利确实听到了路边一群男孩发出的欢呼，或许更准确地说是嘲弄。

“嘿！别忘了洗一下你的背！”

“小心！别踩到肥皂！”

亨利强装镇定地点了点头，又挥了挥手。一个伟大的人，在通往白宫的路上是可以忽略这些人的。

亨利自娱自乐地想着，但坚持了没一会儿就绷不住了。他看到几个男孩站在一家自行车店门口，忍不住朝他们挥手大喊：“脱帽！看国旗！”

“嘘！”男孩们大叫。“嘘！嘘！”他们捏着鼻子沿着街道一路往下，朝亨利挥着手。

小排骨挣扎着站起来，攀在浴缸的边缘开始叫起来。亨利可是准备带着他的狗一起去白宫的。他抱着双臂，得意地笑着。因为此时，他正坐在浴缸里，而那群男孩却只能站在人行道上。这个下午比

他预想的要棒多了，况且，他还没到回收站呢，说不定那里还有更多惊喜。

这时，一辆写着《每日新闻》的卡车迎面驶过。亨利的优越感瞬间消失了。他对寻找木头的兴趣也烟消云散了。他只是一个普普通通的名叫亨利·哈金斯的男孩，一个今天下午要送出四十三份报纸的男孩，一个彻底忘记了送报纸这份工作的男孩。这太不幸了！如果他不把这些报纸送到，他的工作可能在一个月内就会被别人接替。此外，因为他是这片区域里最年幼的报童，这片区域的负责人卡珀先生一定会和其他所有人说，他还太小了，担负不了送报的重任。这对他来说，将是最糟糕的事情。他不能让这样的事情发生。

“格鲁比先生！格鲁比先生！”亨利喊道，但是格鲁比先生正在开车，没有意识到他正载着的小乘客离他送报的既定路线越来越远。

“格鲁比先生！格鲁比先生！”回答亨利的只有拖车的碰撞声和嘎嘎声。亨利被困在了伦巴第街

中央的一个浴缸里。

“格鲁比先生！格鲁比先生！”

到了下一个十字路口，亨利从浴缸里站了起来，疯狂地挥舞着双手，希望格鲁比先生从后视镜里看到他。

这次他成功了，格鲁比先生把头伸出窗外，叫道：“你那里有什么不对劲吗？”

“我要去送报纸！”亨利大叫，“我忘了今天要去送报纸！”

交通信号灯变了，路上的车开始鸣笛。格鲁比先生的车在中间车道上，不得不继续往前开。

亨利一屁股坐了下来。周六下午的交通很拥堵，格鲁比先生很难在拖着一辆拖车的情况下轻易变道。当他们驶到下一个十字路口时，他们还在中间车道上。

“我争取尽快靠边停车。”格鲁比先生的喊声从前方传来。

亨利被困在交通拥堵、车来车往的车道中央

的浴缸里。他觉得自己很可笑。他不禁问自己，为什么一开始会觉得坐在浴缸里很有趣。一个可以承担送报工作的大男孩，不应该干出这样的傻事。拖车驶过一条又一条街，亨利离他的送报路线越来越远了。

此刻，其他的送报男孩一定都在清点马上要送的报纸，把它们叠得整整齐齐。卡珀先生可能在想，我们这位最年轻的送报男孩出了什么事，怎么还没来。也许他已经在考虑要换哪个男孩来接替亨利的工作了。也许他正在跟斯库特和其他男孩说："亨利还太小了，做不好送报的工作。你们认不认识其他大一点儿可以接替他的男孩？"事情一旦朝着这个方向发展，那就太不妙了。

终于，右边的车道上出现了一个缺口，格鲁比先生将轿车连同拖车缓慢地移了过去。路边停满了车，没有地方可以停。格鲁比先生只好又开过一个街区，然而，还是没有地方可以停下来。

亨利从一家干洗店的挂钟上瞥了一眼时间，

四点三十五分。他还有很多事情要做。他要赶到卡珀先生的车库，把要送的报纸叠好，然后再出发，把报纸投递到每家每户的门前。他的任务是要赶在六点前把所有的报纸都送完，现在看来完全不可能了。

亨利从后视镜里看到格鲁比先生在挥手表示他要右转了，然后他右转进入一个服务区。格鲁比先生从车里出来，亨利从浴缸里爬了出来，小排骨跟在后面。

“不好意思，我忘记了我要去送报纸。”亨利向格鲁比先生表达歉意。

“我们该怎么做呢？”格鲁比先生问，“我现在没办法掉头送你回家，回收站五点就关门了，而我必须在这个周末处理掉这个浴缸。并且，我借的拖车是按小时计费的，我也想尽快用完就把它还回去。”

“没关系，”亨利说，“我身上带了钱，可以坐公共汽车。”

“你知道回家的线路吗？”格鲁比先生问。

“我知道。我可以在街对面坐，我也知道中途要在哪里换乘。”亨利急切地想要赶快踏上回家的路。

“那可以。”格鲁比先生同意了，转身回到车里。

“等一下！”亨利叫道，此时格鲁比先生已经开始发动车子，“我的小狗！你能带上小排骨吗？我不能带它上公共汽车。”

街对面，一辆公共汽车靠了站，下来一名乘客。车尾喷出一股白烟，车开走了。

“我也觉得它不能上公共汽车。来吧，小家伙。”格鲁比先生打开了车的后门，亨利把小排骨推了进去，砰的一声关上了门。从以前的经历中，他知道，狗是不允许上公共汽车的，除非它被放在一个箱子里。现在有一大堆问题等着亨利解决，他可没有工夫再去找个箱子。

格鲁比先生开车离开了。亨利面前的交通信

号灯从红灯变成绿灯，于是他穿过路口，走向对面的公共汽车站。他刚刚错过了一辆车，他在想，下一辆车还要等多久呢？这时，他数了数口袋里的零钱。除去车费后，还剩一个硬币，用来打一通电话是够了。也许他应该打给他朋友中的某一位，让他去找卡珀先生，至少先去车库，帮忙把报纸叠起来。但是，打给谁呢？他只有一个硬币。如果他打电话到罗伯特家，罗伯特的妈妈接了电话，说他不在家怎么办？他的硬币就没了。

亨利决定打到自己家，请妈妈给罗伯特或莫菲打电话。亨利再一次等待交通信号灯的变化。然后他跑回马路对面，跑进服务区角落的一个玻璃电话亭。他先投币，然后拨了自己家的号码。电话铃响了四下。

“喂，请问是哪位？”话筒里传来妈妈的声音。

“喂，妈妈，是我。”亨利紧盯着公共汽车站说，“我忘记了下午要送报纸。我想问问，你能不

能给罗伯特或莫菲或其他伙伴打个电话，让他们去帮我把报纸叠好。我会尽快赶到的。”

“亨利，你在哪儿？”妈妈问道。

“在伦巴第街的一个服务区里。”亨利回答道。

“还有二十分钟就五点了，”妈妈的语气很激动，“今天的报纸你是不可能准时送到了。”

“妈妈，我没时间一直站在电话亭里和你争辩这些。”

这时，一辆公共汽车停在了路边。亨利赶紧说：“就这样。我的车来了！”

“老实说，亨利，有时候我会想——”

亨利不得不挂了电话。

亨利刚跑到路边，交通信号灯又变成红灯了。“嘿，司机先生！”亨利疯狂地喊道。司机用余光瞥了他一眼，就开着车汇入了车流中。他有他的行车时刻表要遵守，不能被一个男孩耽误了。

亨利叹了口气，接着他发现这并不是他要乘坐的公共汽车。

交通信号灯变成了绿灯，亨利穿过街道。他已经做了他能做的一切，再担心也没什么用了。然而，亨利确实没办法不担心。他想知道妈妈是否能找到一个男孩帮他叠报纸呢？如果得知这个男孩在帮亨利整理报纸，卡珀先生会不会说些什么呢？

公共汽车终于来了，亨利一路上都在想着心事。这似乎是世界上最慢的一辆公共汽车了。下车换乘的时候，他还在想着心事。他上了第二辆车，这辆车似乎更慢了。如果有最慢公共汽车比赛，这辆公共汽车一定会赢。说不定，连蜗牛都比它快。

公共汽车终于到达了亨利家所在的街区，拐进了一条街道。亨利此时本应该在这条街道上送着报纸。这时，他发现一辆小轿车，和自己家的车长得一模一样。事实上，那就是亨利家的车。现在亨利认出来了，他看到妈妈从车里出来，朝着一栋房子投一份叠好了的报纸。妈妈笨拙地把报纸往那个方向扔过去，报纸落得不够远，于是她又捡起来再扔一次。亨利惊呆了。一个男孩可不想看着自己的妈妈送报纸，尤其是，她的投递姿势还那么不协调。他不明白怎么会有人，并且还是个大人了，扔个报纸还能扔成那样。

亨利急忙拉了拉车厢内的报站绳，提示驾驶员他要在下一个拐角处下车。他跳下车，往回跑了一段，跑到妈妈那里。她正在翻着他的送报记录本，确认下一份报纸该投到哪家去。亨利不禁感到庆幸。他及时赶到了妈妈身边。他可不想让车上的乘客看到妈妈以这样的姿势一路投递下去。

“嘿，妈妈，”他气喘吁吁地说，“怎么会是你来帮我送报纸呀？”

“我找不到其他人来帮你送报纸，”哈金斯夫人回答道，“我联系不上罗伯特和莫菲，所以我自己开车去了卡珀先生家，发现其他送报男孩都已经出发了。我已经送了二十八份了。”

“好吧。妈妈，你叠好了我的报纸吗？”亨利问道。如果妈妈叠过了，那么比起送报纸，妈妈显然更擅长叠报纸。

“其他男孩已经替你叠好了，”哈金斯夫人回答道，“他们一定是预料到你要迟到了。”

亨利打开车门，拿出装着报纸的帆布包。“我接着送吧，妈妈，”他说着把包往身上一挂，“非常感谢，是你拯救了我。”

“不用谢。我想是这样的。”说着，哈金斯夫人坐进了车里。

亨利想起还有个问题不得不问一下。“卡珀先生有说什么吗？”他对着妈妈的背影喊道。

“他大笑着问我，是不是以后都换我来替你送报纸了？”哈金斯夫人回答。

亨利真希望此刻他的自行车在身边。虽然他走路也很快，但骑着自行车送报更有趣。他比同龄男孩都要矮一点儿，所以当他步行的时候，帆布包会碰到他的腿。他走完一条街道，又走向下一条街道，在脑海中回想着每位订户的特殊要求——哪家订户要他把报纸留在门垫上，哪家订户曾经提醒过他不要打碎门廊种草莓的花盆。

亨利尽可能快地赶着路，不一会儿就送完了所有的报纸。他知道，今天的报纸送迟了，但幸运的是，没有一位订户向他抱怨——到目前为止，他一直很幸运。他没有理由不相信，他会继续这样幸运下去。当他到家时，已经累得满头大汗，但内心却一阵雀跃。总算是把报纸送完了，不是吗？这才是最要紧的事。

亨利开门进到家，发现爸爸穿得很正式，身上穿着白衬衫，佩戴着领结，他有点儿意外。平常，爸爸在家里总是穿着一件运动衫。

“嗨，爸爸。你怎么穿成这样？”他问。

哈金斯先生说：“因为你妈妈今天忙了一整天，晚饭我们要带她出去吃顿好的，换换口味。”

“哦——那要不我先去梳洗一下？”亨利对这突然的改变感到惊讶。他可不希望今晚去那种用布餐巾和长菜单的高档餐厅。他出去吃饭喜欢点汉堡和馅饼。

“等等，亨利！”哈金斯先生语气严厉地喊道，“你没有什么其他要说的吗？”

“嗯……呃……我终于把报纸送完了。”亨利回答道，他不太确定爸爸想要他说些什么。

“我听说，你妈妈也送了不少报纸。”哈金斯先生提醒道。

“是啊。对了，爸爸，你真应该看看妈妈是怎么投报纸的，”亨利边吐槽，边向爸爸演示着妈妈投递报纸的样子，“太笨拙了。”

“亨利，有一点我想让你明白，”哈金斯先生没有搭理儿子的话，“送报纸是你的工作，不是你妈妈的工作，也不是我的工作。你应该自己去送报纸，自己去收征订费，自己去完成所有的任务。如果没有我们的帮助你就完不成的话，那你还是把这份工作交给其他男孩去做吧。你听明白了吗？”

亨利低着头看着地毯。爸爸很少这样跟他说话，他感到很惭愧。他一直希望爸爸以他为荣，他可是这个街区最年幼的送报男孩啊。“知道了，爸爸。”他觉得自己应该为忘记送报纸这件事稍微做些解释，“今天下午，我本来计划着要去找一些旧木料搭个狗窝。”

哈金斯先生笑了：“你不需要搭个狗窝。你已

经住在狗窝里了。”

正说着，妈妈穿着高跟鞋，嗒嗒嗒地走了进来。亨利闻到了一股香水的味道。妈妈穿着她最好的一件衣服，这意味着今晚去的餐厅里会有布餐巾。她看起来漂亮极了，亨利为刚刚取笑妈妈感到抱歉，也为自己想去快餐店吃汉堡感到羞愧。“哎呀，妈妈，我给你添了这么多麻烦，真的很抱歉，”亨利说，“在浴缸里兜风看上去是个千载难逢的好机会，我只是——嗯，我完全忘记了我还要送报纸。”

“啊？在浴缸里！”哈金斯夫人惊呼道。

“是啊。你不知道吗？格鲁比先生用拖车把那个旧浴缸拖到回收站去了。”

“真的吗？我一点儿都不知道——”哈金斯夫人坐下来，大笑起来，“你是说你坐在浴缸里沿着伦巴第街兜了一下午的风？”

“是你让我找点儿事情做的呀。”亨利解释道。

“是的，我是这么说过，”哈金斯夫人承认道，“但我可没想到，你会坐在浴缸里跑到市中心兜风。老实说，亨利，有时候我真不知道你怎么会去做这些事。”

“我也不知道，妈妈。我就是这么做了。”一想到这么个好主意出了些岔子，亨利还有点儿遗憾。不过，有一点他现在很肯定。如果他要保住他送报纸的工作，可不能再惹出新的麻烦了，最好不要再去碰其他事情了——尤其是在每天的傍晚时分。

第二章

新来的狗

不久之后，亨利就意识到，装浴缸的板条箱的木头根本不够他搭建一个结实的狗窝。每次送报纸，他一直留意寻找着，看有没有能派上用场的旧盒子或包装箱。每天，他都会路过一栋空房子。他期盼着哪天搬来个新主人，也许这样他就能得到一些包装箱。可惜，房子一直空着。木头太难找了，他都快放弃给小排骨搭建房子了。没想到，事情出现了转机。

亨利家附近的房子大多建于19世纪20年代，那个年代的轿车比现在的更短更窄。许多人买了新车后，发现车比车库还要长，他们只好在车库口加建盒子形状的建筑，把车库延长，以适合现在轿车的长度。

邻居宾姆先生就没有这么幸运了。当他自豪地把新车开进车库时，他发现自己根本无法从车里出来。车库太窄了，他连车门都打不开。可怜的宾姆先生只好又把车倒出来，停在门口的车道上。克利基塔特街上的所有邻居知道这件事后，都大笑个不停。宾姆先生宣布，他准备拆掉他的旧车库，然后造一个更大的。

宾姆先生刚开始拆车库的时候，亨利就骑着自行车来到他家，问是否可以给他一些旧木料。

“当然可以，亨利，你自己拿吧，”宾姆先生说，他正用一根铁锹撬着一块木板，“想拿多少就拿多少，但要在星期六前。之后，会有卡车过来把木板运走。”

“好的，宾姆先生，”亨利说，“你打算把窗户也拆了吗？”

“都拆。你需要的话随便拿。”宾姆先生说。

狗窝！还建什么狗窝啊？现在的木头多得可以造个秘密小木屋了，也就是一个有窗户的秘密基地，一个像模像样的秘密基地。等他把送报纸的钱存够了，他打算买一个羽绒睡袋，他已经在体育用品商店的橱窗里看好了。然后，亨利就能睡在一个完全用旧木头搭建的秘密小木屋里了。

现在亨利意识到，造秘密小木屋可比搭狗窝复杂多了，供他自由支配的时间也不怎么够。他可不能再马马虎虎对待送报工作了，所以他必须找人帮忙。亨利跟他的朋友罗伯特和莫菲讲了有免费木头这件事，他俩立刻明白了。

“放心吧，我们会帮忙的。”他俩异口同声地答应了。男孩们借来了手推车，每天下午放学后到送报纸前的间隙，他们把木头从宾姆先生家的车道上拖到亨利家的后院。随后，亨利会先离开去叠报

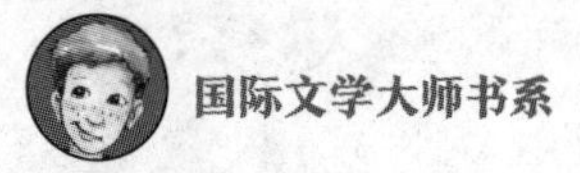

纸。罗伯特和莫菲则继续搬运木头。这样的状态持续了一周。到了周六，这三个男孩确定建秘密小木屋的木头足够了。

“那我们赶紧开始动手搭建吧。”亨利期待地说。

“不，”莫菲说，“盖房子要有规划，不能用老一套。”

“哎，莫菲，”罗伯特说，“我们要到哪里去搞方案呢？”

亨利也心存怀疑。他认为用老一套是搭建小木屋的唯一方法。“是啊，我们到哪里去搞方案呢？”

“我可以画一个，”莫菲说，“这个周末我会画好的。不过有一点，等我们把小木屋建好以后，不允许女孩进入。”

“绝不允许女孩进入。”亨利和罗伯特发誓说。

“等建好之后，我们就可以睡在秘密小木屋里了，”亨利补充道。等我买好了睡袋，他心想。这三个男孩想到一块去了，他们都认为这是有了秘密小木屋之后最应该做的事情。

哈金斯夫人看着院子里的旧木头说：“我的天啊，亨利，好多木头啊！”

“别担心，妈妈，”亨利向她保证，“等我们完工了，这里将会变得非常整洁。剩下的木头我会锯成小块当木柴，用来烧火。”

哈金斯先生看着那一大堆旧木头说：“我可不这么想，亨利。在我看来，你要承担的似乎是一项巨大的工程。”

“爸爸，我们三个人能做到，”亨利渴望得到爸爸的认可，“而且，我绝不会让这个工程妨碍我的送报工作。我发誓。”

“可别大意。”哈金斯先生说，“如果你不能同时处理好这两件事，要么放弃你的送报工作，要么就拆了小木屋。”

天才的莫菲，他不愧为全校最聪明的男孩。那个周末，他真的画出了图纸。他把它画在方格纸上。亨利看完图纸后，认为莫菲是对的，他很佩服。用任何老办法建秘密小木屋都不行。

此外，莫菲也不赞成把秘密小木屋直接建在地面上。“我们可不想让白蚁吃掉这栋屋子。”

他说。

亨利同意，他们的秘密基地可不能让白蚁吃掉。

这意味着，他们必须再去买一些水泥和沙子，浇出四块水泥块做地基。亨利很快就发现，建造秘密小木屋的工作量比他设想的要多得多，自然需要的时间也多得多——他不确定自己的时间是否足够，因为他还要送报纸。然而，他现在可不能打退堂鼓了，因为罗伯特和莫菲已经付出了巨大的努力。

之后的一天下午，亨利正和其他送报男孩聚在卡珀先生家的车道上叠报纸。这时，斯库特说话了：“对了，卡珀先生，我还需要一份报纸。”

“哦？”卡珀先生听起来很感兴趣，“你有了新订户？”

“没错，卡珀先生。”斯库特显然很得意自己有了新订单。

亨利假装读着他正在折叠的报纸，假装对上

面的一个标题饶有兴趣。他侥幸地想，如果他不和卡珀先生有目光接触，卡珀先生可能就不会注意到自己。亨利感到很惭愧，现在已经是十月了，他还没有征订到一份订单。并不是说他一点儿都没有尝试过，他尝试过的。在建造秘密小木屋之前，他真的按过几次陌生人家的门铃，并试图征订过，但结果总令人沮丧。他用销售惯用的对话技巧，介绍说这份报纸通俗易懂。那些陌生人听完之后，会露出善意的微笑，然后说："不了，谢谢。"一个男士直截了当地打断他："今天不行。"然后当着亨利的面关上了门。一位女士告诉他，他是一个多么出色的小推销员，然后又说她买不起另一份报纸，这让他很尴尬。出色的小推销员！这是压垮亨利的最后一根稻草。在那之后，亨利总是为自己找各种借口，好不用去征订。

这时，卡珀先生说："斯库特，你做得很好。跟我们说说，你是如何做到的。"

"啊，这很容易，"斯库特把折叠好的报纸

塞进帆布包里，夸口道，“我只是告诉这个人这份报纸有多么好。他说他没时间看，因为他每个星期天都去钓鱼。我说，那你就可以用报纸把鱼饵包在里面，他大笑着说，好吧，他订了。于是我就卖出去了。”

“斯库特，你的反应很机敏，”卡珀先生说，“其他的男孩可以从你这里学一学。”

亨利用眼角的余光看到卡珀先生正面朝着他们这群男孩，问道：“你怎么样，亨利？自从你有了自己负责的送报区域，还没有交出一份新订单呢。”

“嗯……我——我一直在努力。”亨利嘴上答道，心里却默默承认，自己真的没怎么尽力。他一直在忙着建造秘密小木屋呢。

“我知道，有时候迈出第一步很难，”卡珀先生表示理解，“让我来告诉你要怎么做。前两天，我看到一栋房子前竖着一个‘已出售’的牌子，正好在你送报纸的区域。新主人搬进来后，你就径直

走到前门，按下门铃，然后问他们要不要订报纸。这样你就可以获得新订单了。”

“好的，先生。”卡珀先生把这件事说得很容易——径直走过去，向他们推销报纸订单，就像这样。“我会尽力的，卡珀先生。”亨利说。他知道卡珀先生提到的那栋房子，就是那栋他曾经希望得到足够的旧箱子来建造狗窝的房子，感觉像是已经过了很久。

之后，每天下午送报纸的时候，亨利都会留意下这栋空房子，看看新主人有没有搬进来。终于有一天，板条箱和空纸箱堆满了车道。亨利决定再给那户人家一点儿时间，比如一周的样子，让他们完全安顿下来。到那时，他再上前按门铃也不迟。

然而，第二天下午，卡珀先生就发话了：“对了，亨利。我发现，那栋空房子现在已经有了新主人。”

“我今天送完报就过去。”亨利答应道，他知道自己没办法再拖延了。

亨利送完了最后一份报纸，他把帆布包挂在平时集合的车库里，洗了洗手，梳了梳头，踏上拜访新邻居的征途。他走过两个街区，小排骨跟在后面。亨利没有骑自行车，因为步行似乎更有办业务的感觉。做大买卖的商人可是不骑自行车的。

他边往那栋房子的方向走，边低声排练他已经打好的腹稿："下午好，我是亨利，《每日新闻》的送报员。这片区域很多邻居订的报纸都是我送的。"说好这部分他是有把握的，但接下来该说什么他就不知道了。找个卖点，卡珀先生总是说，说说报纸上能让新订户感兴趣的部分。亨利越走越慢。

小排骨最后不得不坐下等他赶上来。这份报纸的体育版很不错……社区新闻也不错……

亨利怎么知道新订户对什么感兴趣呢？如果他们只是想看看娱乐消息，他却重点介绍了社区版，那该怎么办？不过，在亨利还没决定好怎么说之前，他偶遇了比苏斯和她的妹妹雷梦拉。雷梦拉的脖子上挂着一圈绳子，绳子的末端用透明胶带粘着纸筒。

“嗨，”亨利向比苏斯打着招呼，“你在干什么？”

“让雷梦拉远离电视机，”比苏斯回答说，“妈妈说她电视看得太多了。”

“问我叫什么名字。”雷梦拉用命令的语气要求亨利。

亨利对雷梦拉的这个新游戏毫无兴致。“你叫什么名字？”他用一种百无聊赖的语气问道。他可不想雷梦拉因为他不陪她玩而发脾气，他不想冒这个险。

雷梦拉把纸筒放在嘴前：“我叫丹尼·菲茨西蒙斯。”然后她低头看着人行道，一脸不自信的样子，一点儿也不像平日里的雷梦拉。

“你才不是呢，”亨利反驳道，“你都不是一个男孩子。”

“她只是假装在接受‘巴德警长’的采访。”

比苏斯解释说，“她拿着的是她的麦克风。”

“哦。”亨利能回应的只有这个字了。

“我叫丹尼·菲茨西蒙斯，”雷梦拉重复道，害羞地笑着，和平常比起来判若两人，“我想向我的妈妈、爸爸和过生日的妹妹薇琪以及夫人问好。理查兹是我的幼儿园老师，莉萨·凯利是我最好的朋友，还有格洛丽亚·洛夫顿，她的猫刚刚生了小猫，她可能会给我一只。还有她的狗斯奇普，我幼儿园班里所有的男孩和女孩，格伦伍德学校的所有男孩和女孩，还有乔治·培根的妹妹安琪拉，但我不会和乔治打招呼，因为我不喜欢他，而且……”

“哦，拜托。”亨利对雷梦拉的新游戏感到厌烦，“你为什么不跟全世界打招呼呢？”他可没有时间陪她在这种事情上耗。他正要去征订报纸，然后回秘密小木屋，“再见，比苏斯。”

“……还有牙松了的鲍比·布罗格登……”雷梦拉继续说着，亨利沿着街道头也不回地走了。

亨利到达了目的地，他转身对小排骨说：“坐下。”不是因为他真的想叫小排骨坐下，而是因为要按门铃了，他想再拖延那么一点点时间。他还没有想好拿什么作为卖点，也猜不出新邻居会对报纸上的什么内容感兴趣。小排骨坐了一会儿，然后站起来，嗅了嗅灌木丛。

“我说了，坐下！”亨利又说道，他想如果小排骨真的能坐下，这倒是个不错的主意。有些人尤其介意小狗在他们的花丛中穿来穿去，而他正急于给新订户留下好印象。

小排骨一直是只听话的小狗。有那么一会儿，小排骨再次坐了下来，但它并没有稳稳地坐着。它又站了起来，摇起尾巴。

“坐下！”亨利严厉地命令道，他开始往台阶上走。

小排骨似乎仔细考虑了一下。

“坐下！”亨利提高了嗓门。

小排骨摇了摇尾巴，好像在问，我真的有必要坐下吗？

一只从未见过的斑点狗绕着房子小跑，开始试探小排骨。两只狗互相嗅着，亨利没有太在意。彼

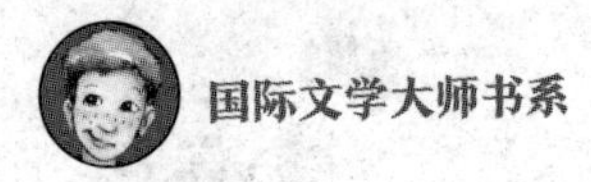

此陌生的狗总是会这样。

接着，一个穿着围裙、脸颊上粘着点儿灰尘的女士出现在房子旁边的车道上，她看上去比亨利的妈妈年纪大。也许以她的年纪，可以做奶奶了。亨利还没来得及开口，这只斑点狗就离开了小排骨，跟它的主人嬉闹了一番。小排骨是一只友善的小狗，它跟在斑点狗后面，准备和它一起玩。

这是一个错误的举动。显然，小排骨侵入了斑点狗的领地，斑点狗开始大声咆哮。它的尾巴竖了起来，直挺挺的，像一根鞭子一样。

小排骨还来不及停下。这是它的社区，它先来的，是斑点狗擅自闯了进来。它们彼此都开始厌恶对方的样子、声音和气味。

“小排骨！”亨利尖叫道。

“仁杰！”那位女士也尖叫道。

这两只狗根本不理会各自的主人。它俩都太想表达自己对对方的看法了，咆哮的声音越来越大，越来越低沉。它们龇牙咧嘴，一副讥讽恐吓对方的

样子。

“你以为你是谁？”小排骨似乎在咆哮着说。

“你在这里拥有的，我也有。”斑点狗仁杰咆哮着回答。

“不，你没有，”小排骨说，“我可比你先来。”

“我个头儿更大。”仁杰继续咆哮。

“你是个恶霸。”小排骨也咆哮着。

“滚出我的地盘。”仁杰警告小排骨。

“你动手呀。”小排骨挑衅地回敬仁杰。

“闭嘴，你们两个。”亨利命令道。

亨利打算抓住小排骨的项圈，把它拖走。他从台阶上跳到了草坪上。就在这时，咆哮变成了狂吠，两只狗互相咬住了对方的喉咙。

“仁杰！”女士尖声叫道。

“小排骨！”亨利大喊道。两只狗互相纠缠着，乱作一团，从头到脚到尾巴都扭打在了一起。

亨利冲向这两只咆哮个不停的狗，就在他快要抓住小排骨的项圈时，他发现自己的手差点儿伸进了斑点狗的嘴，他赶紧把手缩了回去。亨利无法让它们停止战斗，既然他不能，他当然希望小排骨能获胜。要不是因为他还指望能拿到斑点狗主人的这份报纸订单，他很可能会大喊："冲呀，小排骨。"

"小心！"斑点狗主人喊道，"别让它咬你！"

邻居们开始聚集在人行道上看热闹。

"打起来了！打起来了！"一个男孩大叫。

"水管！"有人喊道，"用水管喷水浇它们！"

"怎么办？"这位新来的邻居大声叫道，"我不知道水管在哪里！"

"嘿，瞧瞧年迈的小排骨，"斯库特骑着自行车过来看这些噪声究竟是怎么回事，"冲呀，小排骨！"

"你别添乱！"亨利阻止道，尽管他也想给自己的狗加油。

"啊，你的狗都打不过一只吉娃娃。"斯库特嘲笑道。

“谁说它不能。”亨利激动地说。是的，他不确定小排骨能不能打败斑点狗，但它肯定能打败吉娃娃。亨利对此非常确定。

“谁快赢了？”刚到来的罗伯特问道，随行的还有比苏斯和她的妹妹雷梦拉。

“新来的狗。”斯库特回答道，然后他骑车离开了，仿佛战斗已经结束了。

亨利有点儿担心斯库特可能说对了，因为新来的狗比小排骨的体形要大，而且更年轻。于是亨利又一次试图把手伸进咆哮着、翻滚着的狗堆里，去抓小排骨的项圈，但他没有抓到。

一个大人一把抓住亨利的手臂，将他拉开。

“这样做太鲁莽了，难道你不知道吗？”他责问道，“那些狗可能会咬你。”

“我知道，但那一只是我的狗，”亨利试图解释，“我不想它受伤。”

一位邻居正在把花园里的软管拧到水龙头上。他打开水龙头，手里拿着喷水的水管向狗走去。

“都往后退！”他大叫一声，对着两只狗喷水。两只狗仍然在咆哮着，叫声尖厉。那个人靠近了一些，这样喷射的力量就更大了。水流打在小排骨的脸上，它一时睁不开眼，这给了仁杰机会，它抓住小排骨的脖子，虽然小排骨是一只体形中等的狗，但它开始站不稳了。那个人把水管对准了仁杰

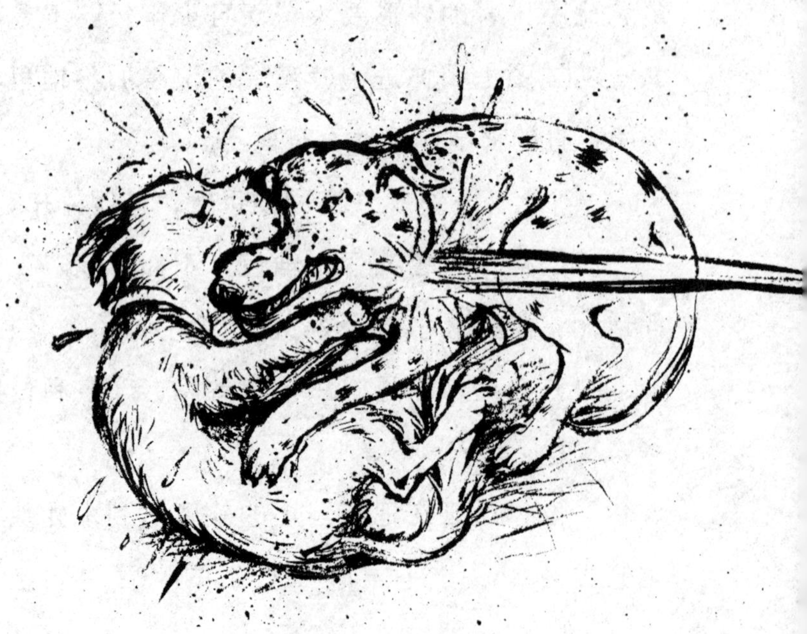

的脸。

小排骨挣脱了，夹着尾巴湿漉漉地跑到街上，边跑边哼。斑点狗从它身后一闪而过，像一道黑白分明的闪电。

亨利不知道该怎么做，是追上去救小排骨，还是留下来向那位女士道歉。他的狗和她的狗打了起来，尽管一开始挑事的是她的狗。他不知道卡珀先生知道后会有何感想。他本来计划直接走上前去，按下门铃，谁会料到却是这个结果。

亨利还没想好要怎么做，仁杰已经沿着街道一路小跑着回来了，它看上去对自己很满意。他还听到小排骨的声音，它在隔壁街区，正往家的方向跑去。

“这么淘气！”斑点狗的主人边说边对着她的宠物摇摇手指。

仁杰使劲地甩起身上的水来，它身上的金属狗牌发出咔咔的碰撞声。它看起来毫无歉意。相反，它不以为然地看着亨利，让他觉得退回到人行道上才是明智之举。仁杰走下台阶，躺倒在地，环顾四周，仿佛在说，我是这里的君主，我能看到的一切都属于我。

亨利还在做最后的努力，他重新整理起思绪，想说点儿什么。他之前是打算怎么开场的呢？嗨，我是亨利，《每日新闻》的送报员。接下来那句是什么？此时，小排骨的哼唧声从远处传来，亨利更加想不起来了。

亨利还没开口，雷梦拉从他身边走过，径直走到了斑点狗的主人面前问道："你是新搬来的女士吗？"

"哈，是啊，小朋友。"女士答道。她很高兴，这么快就已经有一个小女孩要和她交朋友了。毕竟，她才刚刚搬到这个陌生的街区。

难得有一次，亨利很庆幸看到雷梦拉。如果她能和这位女士交谈上一分钟，他就有机会回忆起他已经组织好的那段话。

然而，雷梦拉直勾勾地盯着这位新邻居。"记

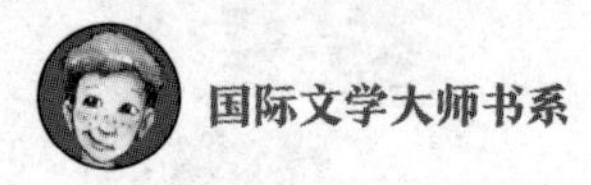

住，”她伸出手指，皱着眉头，严肃地说，“只有你，可以防止森林火灾！”

哎，亨利暗自叹了口气。

这位女士看上去很吃惊，她不知道要怎么回应雷梦拉。

比苏斯跑到雷梦拉面前，一把抓住她的手。“别理她，”她抱歉地说，“她对每个人都这么说，因为她在电视上经常听到这句话。在动画片间隙的广告上，有只冒烟的小熊会这么说。”

“哦……这样啊。”这位女士看起来一点儿也不明白。也许她连电视机都没有。

“走吧，雷梦拉。”比苏斯紧紧拽着妹妹的手。

这也太戏剧化了。亨利感到，现在他唯一能做的就是离开这里。先是他的狗和那位女士的狗打了一架，现在他的一个朋友的妹妹指责那位女士。这显然不是征订的好时机。“对于这两只狗打起来，我感到很抱歉。”他本能地脱口而出，然后迅速地

离开了。比苏斯拉着雷梦拉跟在他后面。

“记住——只有你，可以防止森林火灾！”雷梦拉又回头冲着那位女士喊道。

这个雷梦拉！亨利生气地想。她只有五岁，但却是这个街区里最讨人厌的小孩子。走到拐角处，亨利停下来，回头望了一眼。那位女士已经不见了踪影，但斑点狗还坐在前廊上，仿佛是在站岗。在亨利看来，这只狗似乎是在向他挑衅，看他还敢不敢踏上它的领地。“放马过来，”它似乎在说，“来呀，我打赌你不敢。”

让亨利有点儿意外的是，第二天卡珀先生并没有问他有没有征订到新邻居的订单。亨利心想，卡珀先生是不是在等着自己主动提这件事。他不知道应该怎样直截了当地说出来。“我没有拿到新订单，因为新邻居家的狗不喜欢我的狗。”亨利做了个决定。送报纸的时候把小排骨留在家里，那么他就会在今天下午送报纸的途中停一停，去争取这份订单。那个时候，雷梦拉正在家里看电视，她不可

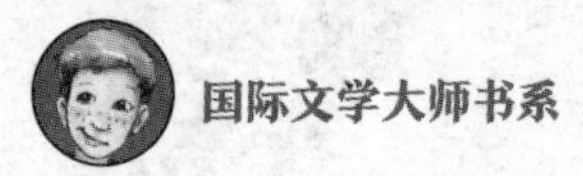

能再次搞破坏了。

亨利把所有的报纸都叠好塞进帆布包里后，便骑上自行车，沿着街道蜿蜒前进，左一家右一家地投着报纸。他今天换了一件T恤，希望新来的女士上次只顾着看小狗混战，没有注意到他。“下午好，”他自言自语地说着，“我是亨利，《每日新闻》的送报员……”

亨利来到了那栋房子跟前。仁杰正趴在前廊上休息，它的鼻子搁在爪子上，眼神很警惕。“嗨，仁杰。”亨利尽力表现出了最友好的模样。

仁杰却猛地跳起来，狂吠着，把亨利赶下了台阶。

亨利没有其他办法，只能以最快的速度拼命往前骑。每次他踩下自行车踏板时，那只狗都会咆哮去咬他的右脚。亨利从来没有骑得这么快过，骑到转角处时，他已经上气不接下气，感觉吸进去的空气都不够支撑他继续前进了。每一次踩下自行车踏板，他都感觉牛仔裤是不是被撕掉了一部分，甚至

连他的一只脚都要没了。骑到下一个街区的中间，斑点狗突然停止了追赶。它转过身，带着一副尽了自己职责的神情朝家小跑回去。亨利感觉，这只狗丝毫没有喘不上气。

亨利停下来，坐在自行车上，气喘吁吁。天哪！好险。但最糟糕的是，亨利还是要把报纸送到斑点狗把守的街区。他缓过神之后，将自行车靠

在一棵树上，然后悄悄地步行回到那个街区，小心翼翼地避开斑点狗的视线。这次，他没有用投掷的方式送报纸。他把每份报纸都静静地放在草坪上，然后踮着脚尖走开。这样就不会打扰到斑点狗了。以前，每当小排骨要靠近报纸时，亨利就用水枪喷一下它，小排骨就不会再靠近了。不过，小排骨是一只听话的狗。亨利认为，他不可能有足够的时间用水枪来瞄准仁杰。他不但来不及瞄准，还可能会失去一条腿。他真想看看，卡珀先生会如何走上前去按门铃。卡珀先生得穿一身盔甲，或者坐到坦克里。

亨利默默地在草坪上放着报纸。他每放上一张报纸，愤怒的情绪就增添一分。在这个街区，他和斑点狗有着同样的权利。而且，他拥有的应该更多，因为他在这里居住的时间更长。他是人，不是狗。等到亨利在斑点狗所在的街区送完所有报纸后，他简直要气疯了。他可不能任由一只狗摆布。不，卡珀先生！他会成功拿到那份报纸订单的，哪怕这是他要做的最后一件事情。

亨利想起了仁杰奔跑的速度和它那口锋利的白牙，他觉得拿到那份报纸订单，真的很有可能会是他在人世间做的最后一件事了。

第三章
不给糖就捣蛋

亨利确信，今年他想出了比任何邻居都更棒的万圣节服装。他不想把自己装扮成流浪汉或小丑——这不适合他。他想出了一套与众不同的装扮，永远不可能有人会想到。

亨利对万圣节充满期待，除了有那么一件心事他放不下，他还没有拿到新邻居的订单。尽管卡珀先生并没有提起这件事，亨利却知道这位负责人一直在等着他说些什么。但是，亨利能说些什么呢？

每次他试图接近斑点狗时，斑点狗就把他赶走。其他送报男孩要是听到这些会怎么想呢？尤其是那些比他大的，已经在读八年级甚至是高中的送报男孩，肯定会嘲笑他的！

他的爸爸认识卡珀先生，对此，亨利特别担心。如果两个人碰巧遇到，爸爸可能会问：“这份工作，亨利干得怎么样？”卡珀先生也许会回答：“他送报纸还不错，但他是个糟糕的销售。”卡珀先生总是说，送报的工作有三大部分：送报纸、收征订费、卖出新订单。这样，他的爸爸就会说：“不要再造秘密小木屋了。”他甚至会要求孩子们把已经精心搭建好的房屋框架拆掉。

吃过晚餐之后，亨利尽力让自己忘记这一切。现在是“不给糖就捣蛋”的游戏时间了，不应该考虑这个麻烦事。亨利走进自己的房间，关上了门。他拿出一瓶墨水（使用说明上写着可擦洗，他希望使用说明是靠谱的）和妈妈的一支旧口红。他自己动手用颜料在脸上涂上迷彩图案，他不需要再像其他男孩和女孩一样戴上面具了，这些面具从杂货店就能买到。没有人会猜到那个脸上画着线条和圆圈的是亨利。接着，他在头上绑了一条旧腰带，并从他妈妈的一顶旧帽子上拔了根羽毛下来，粘到腰带上。

然后，他披了一条印度毯子，并用安全别针——他用了很多别针——把它固定住。他需要空出双手来提纸袋，去装当天晚上收集到的糖果。

亨利仔细端详着镜中的自己——一个凶悍的印第安人，他对这一切都感到满意，没人会猜到他是亨利。但是，整套装扮最精彩的部分还没出现呢。亨利打开卧室的门。“过来，小排骨，”他喊道，“过来吧！”

小排骨顺从地穿过大厅，跑进亨利的卧室。亨利拉开抽屉，拿出一个用橡胶做的狼面具，套在小排骨的头上。完美！这下，他的装扮完整了。现在，他是一个有狼陪伴的印第安人。只是，这只黑白褐三色的花斑狼看上去有点儿滑稽。但如果单看

脑袋的话，小排骨那长长的白牙、鲜红的舌头还真像一头狼呢！

如果这次仁杰再遇到亨利和小排骨，那它就没那么幸运了。

真的，仁杰只要看一眼小排骨，一定会被吓得摔一跟头，然后，夹着尾巴拼命地往家跑。小排骨则在后面紧紧地追着它，追上它的时候，仁杰应该会明白谁才是这个街区的老大。

不过，不出意外的话，亨利的好主意总是会有

纰漏。小排骨如果陷入混战就没戏了，因为它头上戴着橡胶面具，无法还击。要是不戴面具，小排骨遇到仁杰的话更没戏。这么看来，今晚还是远离新邻居的家吧，这样才明智。万圣节晚上可不用推销报纸，他才不在意呢。

小排骨坐下来，挠了挠自己的头。

“嘿，别这样！”亨利命令道，“你会把面具撕破的。”

亨利走出房间，向爸爸妈妈炫耀他的服装。在自家房子里看到了一个印第安人和一只狼，爸爸被惹得一阵大笑，妈妈假装被吓得够呛。小闹闹是真的害怕了，它竖起尾巴，跳到沙发后面，拱起背，警惕地盯着那只狼。

哈金斯先生问：“你觉得，小排骨能忍受得了一直戴着这个面具吗？”

“我认为它可以，”亨利边说边打开了前门，“这周，我们每天都在房间里练习。我送完报纸后回到家，就给它戴上面具，开始它似乎有些困惑，

不过现在它已经习惯了。我还把小排骨举起来，让它看一看镜子里的自己，我觉得它很喜欢这个装扮。”

这是个完美的夜晚。星星很亮，北风吹拂而过，吹得人行道上的树叶沙沙作响。每家窗户前的南瓜灯露着牙齿，咧着嘴笑。一群群男孩和女孩结队从一家走到另一家，有一些人的衣服是夜光的。妈妈们潜伏在灌木丛中，而她们的孩子像一只只小兔子或是小幽灵，爬上台阶，按响门铃。亨利觉得这一切都太棒了。出发前，他先在自家门前的草坪中间跳了一段出战舞。

亨利走上人行道。还没等他开始挨家挨户按门铃，就遇到了一个头戴绿色纸板的男孩，看起来像是来自外太空。外太空人的眼睛突然亮了起来，如恶魔般可怕。亨利猜想，那一定是他的朋友莫菲。莫菲是他认识的人里唯一一个对电有足够认知的男孩，只有他能想出这样的装扮。

亨利举手行了个军礼。“嗨。”他用变声打了

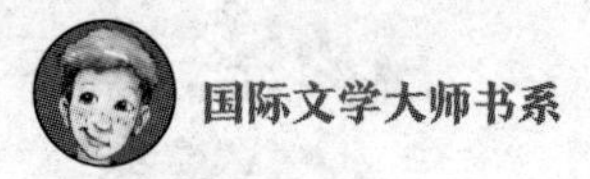

个招呼，小心地掩饰着自己。

外太空人默默地伸出了手，亨利抓住了那只手。“啊！”他不由自主地切换成自己平常的声音，因为他正好抓住莫菲放在他手心里的一个蜂鸣器。

莫菲哈哈大笑。“我就知道是你。”他又俯下身拍了拍小排骨，“嗨，小狼。一看你身上的斑点就知道你是谁。”

两个人沿着克利基塔特街一起往前走。他们按响门铃，大喊大叫：“不给糖就捣蛋！”每个人都觉得小排骨的装束很搞笑，都给了它作为小狼应有的礼物。渐渐地，他们的袋子里塞满了零食，有糖果、花生、爆米花、葡萄干、苹果和泡泡糖。男孩们不再每遇一户人家，便停留一下。他们与其他“不给糖就捣蛋”的伙伴交换了意见，很快就了解清楚哪户人家给了软糖豆，哪户人家给了超大棒棒糖。这些人家他们就直接略过了。他们不喜欢吃软糖豆，而且，亨利觉得，一个已经在送报纸的男孩

应该要成熟点儿，不能再吃棒棒糖了。

在一栋完全漆黑的房子前，亨利和莫菲犹豫了。“我们要不要试一下？”亨利问道，“看上去摩根先生一家好像都不在。”

“我看我们还是别进去了吧。”莫菲说。就在这时，一辆车转进了车道，开进了车库。车灯照亮了车库，可以看到里面堆满了工具和箱子，墙上还挂着一堆旧车牌做装饰。在后面的架子上，一只毛茸茸的猫头鹰张开翅膀，张着爪子，一副随时准备攻击的样子，眼睛直直地盯着夜色。

“我们进去吧，”亨利说，摩根夫人正从车上下来，“她的汽车后座上有好多袋子，也许她刚在市场上买了些好东西。”

这两个男孩和小排骨走上车道。“不给糖就捣蛋！”亨利和莫菲喊道。莫菲按下开关，点亮了他的外太空脑袋。

“哦，我的天哪！”摩根夫人转过身，大声喊道，“一个印第安人和一个来自外太空的人。还有

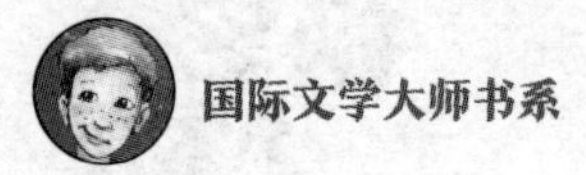

一只狼！你们确实把我吓到了。”然后她停顿了一下。“嗯……恐怕你们得选择捣蛋了。”她朝后座的纸袋看了一眼。“我刚从市场回来，但我只买了洗衣粉、咖啡、猫粮和一些早餐要吃的东西。我没有糖果招待你们。”

这下尴尬了。亨利从没有碰到过在万圣节没有糖的情况。年纪再小一点儿的孩子甚至都不知道“不给糖就捣蛋”这个游戏，实际上意味着如果他们没有得到糖果，就可以选择恶作剧。亨利和莫菲都不准备捣蛋，他们甚至连一块可以弄糊窗户的肥皂都没有带在身上。

“噢，没关系，摩根夫人。”亨利说。毕竟，她是一位心地善良的女士，也是他的客户。

“咦，原来是亨利呀！”摩根夫人叫了起来，“你涂上颜料，我完全没有认出你。”

亨利自然很高兴，他的邻居没有识破他的伪装。“那是一只迅猛的猫头鹰，”他评论道，“它看起来很凶猛，就像要去抓动物或什么东西。”

“这是一只巨大的角鸮。”莫菲说，他的脑袋里充满了这样的信息，“这些车牌可以追溯到1929年。”

“摩根先生每次拿到新车牌后，总是把旧车牌钉在墙上。”摩根夫人顺着亨利的目光看向猫头鹰。

“亨利，既然我没有糖果招待你，你想不想拿走这只猫头鹰？”她脑中突然灵光一闪。

“天哪，摩根夫人……”亨利几乎说不出话来，他要赶紧想一想可以拿这只猫头鹰标本做什么用。也许可以放在他房间的五斗橱上或者放在秘密小木屋里？对！可以放在秘密小木屋里！一只毛茸茸的猫头鹰正是他们需要的点睛之物。“哇！真的吗？我真的可以拿走它吗？”

“当然可以，”摩根夫人说。“你们两个爬上那个苹果箱子，把它抬下来就行了。”

趁着摩根夫人还没有改变主意，男孩们很快就把标本拿下来了。亨利简直不敢相信自己有这么好的运气。这只猫头鹰很大，翅展至少有1.5米长。天哪，这可比世界上所有的花生和爆米花都棒。

“谢谢，摩根夫人，”亨利说，“太感谢了。”

“哦，不用谢我，”摩根夫人说，“多年来我一直在试图摆脱这只猫头鹰。它太大了，既不能放进垃圾桶，又没有慈善机构接受它。”

“你要把它放在秘密小木屋里吗？”他俩离开摩根夫人的车库后，莫菲问道。

“是的，”亨利说，“那样，我们就可以叫它狩猎小木屋了。”

“没有人会猎杀猫头鹰。”莫菲提醒道。

亨利已经没有什么理由继续在这附近转悠了。今晚可能会得到的任何东西，都不可能比得上一只猫头鹰标本。此外，亨利一手拿着纸袋，一手拽着超级大的猫头鹰，他没有多余的手再去按门铃了。

回家的路上，亨利和莫菲遇上了一个吉卜赛人和一个小红魔。这是比苏斯，不出意外的话，还有雷梦拉。她们手里提着南瓜灯笼，这只灯笼提前很久就刻好了。此时，灯笼的嘴唇已经干瘪了，空气中弥漫着一股烤南瓜的味道。

“一只毛茸茸的猫头鹰！”比苏斯惊呼道，“太诡异了！你打算怎么处理它？”

“把它放在秘密小木屋里，”亨利说，“但是，女孩不允许进入。”亨利一点儿也不介意让比苏斯参观秘密小木屋，但莫菲从一开始就很坚定，不允许女孩进入。也许莫菲是对的。一个送报男孩该变成熟了，不能再跟女孩玩了。

还没等比苏斯回答，雷梦拉举起了她的纸袋。“我们每个人都得到了一个坚果，”她继续说道，“坚果能帮助孩子和成人迅速补充能量。吃坚果可以避免午后昏昏欲睡，坚果富含蛋白质！”

“天哪，”亨利说，“她在干什么？背广告吗？”

“哦，雷梦拉，”比苏斯不耐烦地说，“别再背广告了。你不需要从电视上听到什么就相信什么。”然后她转向亨利和莫菲，建议道：“你们最好远离拐角处的那栋房子，当我们说‘不给糖就捣

蛋’时，房屋主人说他们想看我们表演一个小把戏，要不唱一小段歌吧。我猜想，他们大概不知道万圣节是干吗的。”

“我唱了几句，”雷梦拉吹嘘道，扭动着她装扮成小红魔的尾巴，“我唱着‘脆薯片是最好的。北方还是南方，东方还是西方。脆薯片，万岁，万岁！今天就吃你的脆薯片。’”

“大家都觉得她这样很可爱，”比苏斯不大高兴，“听过的人都会请她再唱一遍。”

“这首歌很好听，”雷梦拉说，“我喜欢。”

他们站在街灯下时，斯库特舔着焦糖苹果从黑暗中出现了，他穿着他爸爸的旧制服，连面具都没戴。“嘿，你从哪儿弄来的猫头鹰？”他问。

“从摩根夫人那里。”亨利回答道，他怀疑斯库特想让所有人都知道他的爸爸曾是一名军人。

斯库特走近看了看猫头鹰，说：“有点儿旧，但还不算太糟。”

“你从哪儿弄来的焦糖苹果？”莫菲问道。

“从上周刚搬来的新邻居家。”

“我们还等什么？”莫菲问亨利，“来吧，我们也去拿些焦糖苹果。”

“呃……我不确定。”亨利可不想在此刻见到斑点狗仁杰。他披着一条印第安毛毯，抱着一个猫头鹰标本。万一他不得不逃跑，他可能会被绊倒。他还要考虑下小排骨。亨利可不想让小排骨再次与仁杰发生冲突。

“亨利害怕他们家的狗。”斯库特说。

“我才没有呢！”亨利气愤地否认道。

“那你为什么允许它天天追在你后面？”斯库特问。亨利不禁好奇，斯库特是怎么知道的。“来吧，莫菲，我们去按新来的这位女士家的门铃吧。”亨利听上去挺自信的，至少比他实际感觉的要自信。他只希望在他不送报纸的情况下，斑点狗会对他友好些。或许，他涂了颜料，仁杰甚至都认不出他。斑点狗可能只是待在房子里面。但不管怎样，亨利不会任由一只狗摆布的。如果它的主人给敲门的孩子分焦糖苹果，那亨利就拿一个焦糖苹果。即使发生了最坏的情况，他可以用猫头鹰来抵挡斑点狗的攻击。他还乐观地想：也许他披着皱皱巴巴的毯子，斑点狗很难咬到他。

“坐下，小排骨。”亨利命令道。当他们走到房子跟前的时候，为了保险起见，他摘下了小狗头上的面具。

“坐下！”他又命令了一次。

这次，小排骨坐了下来，也许它跟亨利一样，一点儿不希望见到仁杰。当男孩们走向前门台阶时，亨利注意到他身上的气味被风朝反方向吹走了。他还想，有了现在这副装束，也许那位女士不会认出他，不会联想到他的朋友雷梦拉的话：只有她，才能防止森林火灾。一切都刚刚好。“你来按门铃。”他对莫菲说。他把装着零食的袋子放在身前，用左手捧着猫头鹰。这样，他的右手就可以空出来拿焦糖苹果了。

莫菲点亮了他外太空人脑袋上的眼睛，按响了门铃，而亨利也准备好了台词。门开了，新来的邻居——让亨利焦虑还没有将《每日新闻》成功征订出去的那位邻居，出现了。

“哇！”她拍着胸口，后退了几步，假装被吓到了。

“不给糖就捣蛋！”亨利和莫菲喊道，他们不禁为她的配合感到庆幸。看来，那位女士不可能认出他来了。

这时，斑点狗跑过来了，它看到了猫头鹰张开的翅膀、锋利的爪子和闪闪发光的眼睛，看起来像是要发起攻击。它赶紧停下，还因此在地板上打了个趔趄。它转身想跑，但它的爪子在光滑的地板上打了滑，整个身子滑到了地毯的边缘。这下，它抓着地毯，顺势躲到了椅子下面，吓得呜咽起来。

亨利听到身后的黑暗中传来一声吼叫，他意识到，斑点狗并没有想象中那么勇敢。既然仁杰已经一溜烟地逃走了，小排骨就蠢蠢欲动起来，时刻准备保护自己的主人。

“回家！”亨利命令道，尽管他看不见小排骨。

女士弯下腰，看了看椅子下面，问道：“仁杰，你怎么了？”

“宝贝，你还好吗？出来吧，宝贝。这只是猫头鹰标本。它不会伤害你的。”

宝贝！这位女士称这只无比凶猛的狗为“宝贝”！亨利的身后传来吊牌摩擦的声响。亨利知道，斑点狗也听到了。他真希望刚刚没有费这些工夫来这家要焦糖苹果。毕竟，他的袋子已经塞满了东西，而且都是他妈妈不想让他吃的东西。

这时，小排骨从门口探进头来。

“咦，这不就是和仁杰打过架的小狗吗？”女士恍然大悟，同时把一盘焦糖苹果递给亨利，“你一定是那个送报纸的男孩？”

亨利拿了一个苹果。“嗯……是我。”他承认道，看来身上的伪装已经被识破了。他用脚推了推小排骨，暗暗地让它往台阶边挪一挪。“我——我对那天的混战感到抱歉，也为雷梦拉跟你说的‘不要引发森林火灾’的话感到抱歉。”

“哦，孩子和宠物！”女士不在意地笑道，“你永远不知道小孩子会说些什么，此外，我养过很多宠物，它们总是会惹出点儿小乱子。不要担心那个小女孩，也请不要担心仁杰。斑点狗会没事的。”

突然，这番话里有个关键词在亨利的脑海里又闪了一遍——宠物。

她对宠物感兴趣！他看了看蹲在椅子下呜咽的斑点狗，扶了扶自己手上的猫头鹰，决定顺着她的话往下说。既然这位女士知道了他是谁，他就没什么可担心的了。而且不知怎么了，他有一种感觉，当他伪装成一个印第安人时，事情会变得更顺利些。这几乎就像是有个替身在代表亨利说话。

“我叫亨利，”亨利开始推销了，“我是你的送报员，我给周围的很多邻居送报纸。这份报纸在星期日有增刊，里面的宠物专栏很不错，你可能会

秘密
小木屋

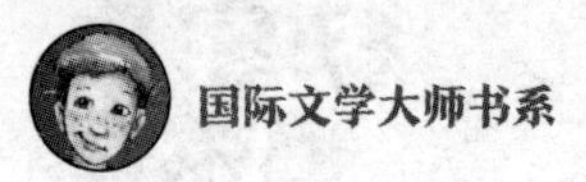

喜欢读一读……”说到这里，他停顿了一下，喘口气，想着接下来该怎么说。

“嗯，你来得正是时候，”邻居女士微微一笑，“我是皮博迪夫人，我一直在等你来呢，等你向我推销报纸。”

“你等着我来？”亨利从来没有想到会是这样。

“是啊，我想你可能会有征订报纸的任务，而且需要通过完成它来获得赞许。”皮博迪夫人确认道。

“哦，这是真的。”莫菲诚恳地向她保证。

“只是，我一直等不到你来。我都快要放弃了，准备自己打电话给报社了。”皮博迪夫人继续说道。

“请别！”亨利生怕这位女士改变了主意，不再通过他征订报纸。

“我不会的，”皮博迪夫人向他保证，“我有个儿子已经成年了。他像你这么大的时候，也送过

报纸，所以我了解跟送报工作相关的一切。”

亨利却怀疑，她是否真的了解送报工作的全部真相，包括追送报男孩的狗——她家的狗。在他看来，仁杰的害怕劲儿已经过去了。它正从椅子下探出鼻子。

“以后，你不必再担心我的狗了，”女士再一次说道，“它只是觉得它必须保护自己的房屋不受外来者的入侵。但现在，它知道我们是朋友，它不会来惹你的。”她俯下身对她的狗说：“是吧，仁杰，宝贝？”

斑点狗从椅子下探出头来，像鞭子一样的尾巴砰砰地敲打着地板。

“它真的很温顺，跟一只小羊一样。”斑点狗的主人说。

一只小羊，亨利觉得有点儿好笑。但他又觉得，他应该尝试着和仁杰交朋友，所以他再次用脚推了推小排骨，说道：“嗨，仁杰？你看这位小伙伴如何？”

仁杰既没有大叫，也没有龇着牙齿，看来有进步。

“嗯……呃……非常感谢你的征订，还给了我焦糖苹果，”亨利说，“我明天开始给你送报纸。”

“很好！”皮博迪夫人说，“我已经错过了上期的填字游戏。”

她没有特别要求将报纸放在哪里，也没有要求别砸到灌木丛或是扔到窗户上。亨利预感，这位女士会是一位好顾客。也许以后他来收征订费的时候，她还会留在家里，而且提前准备好零钱。

“晚安，哈利。”那位女士在他身后喊道。她人那么好，亨利都不忍心纠正她，他的名字是亨利，而不是哈利。

“好吧，这可真没想到，”当他们再次走回人行道上时，亨利对莫菲说，“我们拿了两个礼物——一个焦糖苹果和一份报纸订单。”他感到自己卸下了一个很大的包袱。他推销出去了一份报纸订单。既然第一份报纸推销出去了，他就有信心还能推销更多。从今往后，征订报纸会更容易的。

莫菲笑了。“看那只斑点狗躲在椅子下面的样子！它肯定以为有什么东西在追它，但它不知道是什么。”

亨利也笑了。一想到斑点狗在地板上打滑的样子，他就忍不住想笑。

他不停地笑，此刻他的心情很好。

“我觉得差不多了，”莫菲说，“我们回家吧。”

“还不行，”亨利说，他现在又不想回家了，“我们再去一家。”

“为什么？”莫菲问道，“我们袋子里的垃圾食品已经多得吃不完了。”

“来吧，莫菲，”亨利央求道，“咱们去卡珀先生的家门口看看吧。我敢打赌他那里一定有好东西。”

“你只是想告诉他报纸订单的事吧。”莫

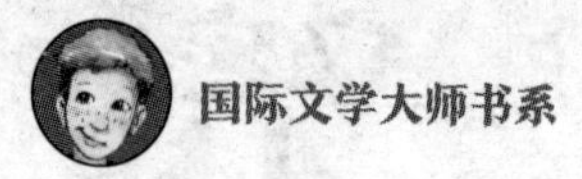

菲说。

“是的。”亨利回答道。确实如此，这样的好消息可等不到明天再说。

这下，亨利不担心他爸爸会同卡珀先生聊天了。卡珀先生会说，亨利干销售干得很好。他的爸爸也不会再要求他把秘密小木屋拆掉了。

“好吧。”莫菲同意了。他俩带着这个好消息，朝卡珀先生的房子走去。

第四章
亨利收征订费

万圣节的第二天是十一月一日。亨利依依不舍地将秘密小木屋的搭建工作留给了罗伯特和莫菲，而他则挨家挨户地找他的订户们收征订费去了。

比苏斯跑到了亨利家的后院，提出帮亨利钉钉子：“雷梦拉在莉莎家玩，所以她不会过来碍事的。”

莫菲皱起了眉头：“不允许女孩进入。”

“哦，好吧。”比苏斯气冲冲地走了。

“收征订费不会花很长时间的。”亨利期待地说。但没过多久，他的期待就消失了。他出发后才发现自己没有带零钱。他不得不回家去取存钱罐，这样他才有零钱找给顾客。这浪费了一些时间。

像往常一样，亨利按门铃的时候，并不是那么

凑巧，每家订户都正好在家。有时，他不得不回去第二次，甚至第三次，这样就要花费更多的时间。有个订户只有一张二十美元的钞票，当时亨利身上没有那么多零钱，所以他不得不再跑一趟。他无时无刻不在想着要赶快回到秘密小木屋。

有这么一位顾客，她几乎无可挑剔。她就是皮博迪夫人。她不仅准备好了零钱，还提前把零钱放在了前门的桌子上，这样亨利就不会因为她要去拿钱包而耽搁时间了。她还会为他准备一些饼干，用餐巾纸包好。斑点狗仁杰也很配合，它看着亨利，并没有动。

只有一件事，皮博迪夫人做得不那么称他的心意。她打开门说："呀，是哈利来收征订费了。"

然而，因为她是一个很好的顾客，亨利并不想当面纠正她："对不起，我的名字是亨利。"他只是把收据给了她，并感谢她给了饼干。

"不客气，哈利。"皮博迪夫人说。

哈利！亨利想，如果他叫她毕博迪夫人，她会

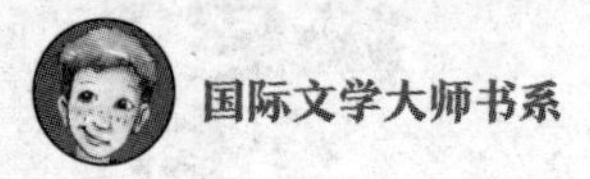

怎么想？不过他并不是真的打算这么叫她。仁杰现在很乖，皮博迪夫人又是他最好的顾客，他可不想让她尴尬。

与皮博迪夫人形成鲜明对比的是凯利夫人。在收征订费这件事上，她是最难搞定的客户。亨利第一次去凯利夫人家的时候，她家的小径上到处堆放着三轮车、儿童汽车和破旧的厨房用具。他顺着小径，踏上台阶，按响门铃，里面有一个稚嫩的声音尖叫道："门铃响了，妈妈！"

凯利夫人从楼上的窗户朝外喊道："谁呀？"

"是我，亨利，"亨利回答，"我来收征订费。"

"你得换个时间再来，"凯利夫人朝楼下喊道，"我在给孩子洗澡。"

亨利第二次按门铃，凯利夫人开门了。她穿着九分裤和旧衬衫，头发用褪了色的发圈扎起来。两个小孩跟着她走到门口，还有一个在房子里的某个地方哭。亨利瞥见凯利夫人身后，雷梦拉正和一个

同龄的小女孩玩耍。

“哦，又是你，”亨利还没来得及说话，凯利夫人先开口了，“对不起，我家里一分钱也没有，等发完工资你再来吧。”

亨利下台阶时被一个旧松饼铁罐绊倒，这时他意识到，忘了问凯利夫人发薪日是哪一天。

亨利在小木屋钉了好几颗钉子后，还是鼓起勇气返回凯利夫人家。在莫菲的指挥下，雷梦拉不出现的时候，小木屋搭建得很顺利。有时雷梦拉幼儿园的小伙伴利莎会陪着她一起来。她们问是否可以把钉子带回家。她们还会像猜谜一样，一遍又一遍地询问。

“狗和跳蚤有什么不同？”雷梦拉会问。

“我不知道。”亨利是唯一一个会应付她的男孩。

“因为狗身上可以有跳蚤，但跳蚤身上不可能有狗。”雷梦拉会这样回答，而且无论她问过多少次，她和莉莎每次都会因为这个答案而笑得尖叫

起来。

“黑色、白色和红色在一起会怎么样？”雷梦拉总是会接着问下一个问题。

“不允许女孩进入！”莫菲在这个时候大叫道。然后雷梦拉和莉莎走到街道上，在水泥地上擦着鞋尖以示愤怒。第二天她们还会再来。

“你就不能想个办法摆脱那些讨厌的女孩吗？”莫菲问道。

亨利只能耸耸肩，要摆脱雷梦拉可没那么简单。

最终，亨利决定鼓起勇气返回凯利夫人家，否则卡珀先生会问他为什么还没有收完征订费。

这一次，亨利在凯利夫人家的门口就遇到了她，凯利夫人怀里还抱着一个婴儿。“哦，又是你。”她扭头朝厨房看了一眼，亨利听到自动洗衣机在运转。“进来吧，我去找我的钱包。”

亨利走进客厅，地上散落着玩具、孩子们的衣服和从杂志上撕下来的皱巴巴的书页。咖啡桌上

放着一碗已经煮好但还没来得及吃的早餐。一个小男孩从厨房门口向外张望，他吸吮着拇指，拿着打蛋器。

“克米，不要被打蛋器夹到手指，”凯利夫人疲倦地看着亨利，“我去找我的钱包，你能帮我照看一下孩子们吗？他们都在厨房里。克米、鲍比、莉莎和她的小伙伴。”

“没问题。”亨利还能说什么呢？他想赶紧收完征订费，然后回到小木屋。他走进厨房，洗衣机正忙着哗啦哗啦地运转。莉莎和她的小伙伴——雷梦拉正跪在厨房桌子旁的椅子上，玩着彩泥，用饼干切割器切出一个个圆圈。

“我认识他，”雷梦拉对克米和鲍比说，“那是亨利。”

“我们把他叉掉吧。”莉莎建议道。两个小女孩疯狂地笑着，对着亨利动作夸张地画叉。

“好了，”雷梦拉说，“我想我们把他叉掉了。”

亨利不知道这是怎么回事，也没有时间仔细考虑这件事，因为鲍比正从厨房里往外爬。亨利不知道鲍比几岁了，但他知道鲍比是个小孩，因为他穿

着纸尿裤和T恤。他一只手抓着一片吐司。亨利从未见过像鲍比这样流这么多口水的婴儿。他在爬过的地板上留下了小水塘。

亨利听到凯利夫人上楼的脚步声。鲍比手里的吐司掉在了地板上。莉莎和雷梦拉说着女孩子的悄悄话，然后咯咯地笑了起来。克米转动着打蛋器，嘴里发出像机器一样的声音。洗衣机运转起来了。一只狗跑进厨房，叼走了鲍比的吐司，又把它丢在了地上。看起来孩子们似乎一切正常，但亨利还是希望他们的妈妈能快点儿回来。他是个送报员，不是保姆。

鲍比捡起狗扔在地上的吐司，放进嘴里嚼起来。“嘿。”亨利有气无力地说。他非常确定，婴儿不应该吃被狗叼过的吐司。他试着从鲍比手中轻轻地拿走吐司，但鲍比紧紧地抓住它，尖声叫起来。亨利往后退了退。鲍比把吐司放回嘴里，心满意足地啃了起来。随他吧，亨利想，至少那只狗看上去挺干净的。

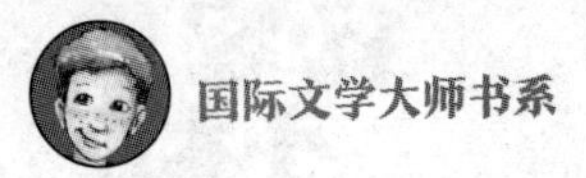

然后亨利发现克米不见了。他走进客厅，才发现克米正在玩打蛋器，狗狗在咖啡桌边，正舔着碗里的早餐。“别吃了。”亨利说，只是已经有点儿于事无补了。

洗衣机停止了转动，似乎要在再次转动前，先安静地休息一下。

凯利夫人的声音从楼上传下来：“克米，你是不是动了我的钱包？”

“我把它藏在了床底下，这样鲍比就拿不到了。”克米回答道。

亨利听到厨房里的椅子被拖在地板上发出摩擦的声音。他跑进厨房看个究竟，克米和小狗跟在身后。雷梦拉正站在洗衣机前的椅子上。实际上，她并没有做错什么，但亨利了解雷梦拉，所以他也不准备给她任何做错事的机会：“你赶紧从椅子上下来。”

“偏不。”雷梦拉说。

此时，洗衣机开始快速旋转，发出很大的声

音。雷梦拉伸手准备去掀上方的盖子。

“住手！你要干吗？”亨利这次很严肃地说。

“我才不管你怎么说呢，”雷梦拉应付道，“你只是一个老男孩。”她边说，边掀开了洗衣机的盖子朝里看。瞬间，脏水混着洗衣剂从洗衣机里嗖的一声喷了出来，直直地打在亨利的脸上，浇透了雷梦拉，整个厨房都被喷了个遍。

“住手！”亨利大喊道，一把把雷梦拉从椅子上拽下来，砰的一声关上了洗衣机的盖子。但脏水随着滚轮转动，已经在厨房里又螺旋式喷射了好几圈。

所有的孩子都被吓得号叫起来，雷梦拉叫得最响。小狗抖了抖身子，开始狂吠。亨利用淋湿了的袖子擦了擦脸，环顾四周，脏水像小溪流顺着墙壁和柜门滴落到地板上。厨房里乱作一团，容不得他有任何时间去打扫干净。“你干吗非要掀开盖子？”他问雷梦拉，这时凯利夫人噔噔噔走下了楼梯。

雷梦拉浑身滴着脏水，此刻她不再号叫，一副闷闷不乐的样子。“我只是想看看洗衣机旋转时，里面是什么样子的。”她说。

尽管亨利讨厌雷梦拉，但她的解释让他有一丝

丝的认同，非常非常微弱的一丝认同。他以前也总是好奇地想看一看一堆衣服旋转的样子。

“哦，我的天哪！”凯利夫人站在走廊，看着湿漉漉的孩子和滴着水的墙壁。当孩子们看到妈妈

时，他们停止了号叫。“到底发生了什么事？”

“非常非常抱歉，”亨利道歉道，“我试图阻止雷梦拉，但我还没来得及走上前，她就打开了洗衣机的盖子。”他瞪了雷梦拉一眼，她冲亨利做了个鬼脸。

“你这个告密者。”雷梦拉说。

也许他是打了小报告，但亨利不知道他还能跟凯利夫人说些什么。她当然知道洗衣机不可能自己打开。“我会帮你擦干净的。”亨利说，最起码这是他能帮忙做的。

凯利夫人环顾了一下她那滴着水的厨房，叹了口气说：“算了，我想我应该另找个时间把墙刷干净。不，不用麻烦你了。你只要把雷梦拉带回家就行，让她洗洗干净，换身干衣服。”

“好吧……”亨利试图让自己听上去很乐意。“我真的很抱歉，凯利夫人。我也可以送完她后，再回来帮忙打扫。”

凯利夫人勉强笑了笑。“不，谢谢你，亨利，你已经做得够多了。”

亨利不确定她这句话的话外之意是什么。“走吧，雷梦拉。”他着急离开这里。

到了屋子外面，雷梦拉把前额的湿头发向后拢了拢，这样水就不会滴到眼睛里了。她说：“我自己可以回家。”

“我没意见。”亨利生气地说。现在雷梦拉已经上幼儿园了，她是可以独自穿过所有的街道的，除了最繁忙的那条大街。

雷梦拉往她家的方向走去，亨利朝自己家的方向走。当他走到克利基塔特街时，他看到皮博迪夫人在她家草坪上捡树叶。仁杰躺在门廊上，警惕地看着亨利，但它没有动。

“怎么了，哈利？”她大声问，“你全身都湿透了。”

“是的，我知道。”亨利不好意思地说。他试图委婉礼貌地告诉皮博迪夫人他的名字不是哈利，然而他的思维开始跳跃了。皮博迪夫人，送报纸的

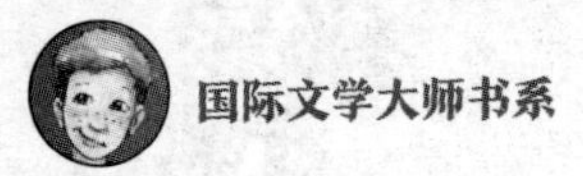

工作，收征订费。啊！他忘了从凯利夫人那里收征订费！

此刻，亨利走在街上，脑袋里一片混乱。在刚刚发生了这样的事情后，他无法再回去向凯利夫人收钱。他不想再折腾了，干脆自己为凯利夫人的报纸付钱算了。没人会知道有什么不同。不可以，他不能用自己的钱付。如果真那样做的话，他永远攒不够买睡袋的钱了。可以的，他还是用自己的钱付了吧，他再也没有勇气去按那个门铃了。可以的，不可以。不可以，可以的。该死的雷梦拉！她是这一切的罪魁祸首。一个才上幼儿园的小孩子。

亨利想通了。他才不会让一个幼儿园的小孩子阻止他去拿他应得的钱。亨利转身朝凯利夫人家走去。

“嘿，哈利，你是不是忘了什么东西？”皮博迪夫人问。

“是的，我想起一件事。”亨利回答道，试着让自己听起来彬彬有礼。他非常讨厌雷梦拉，讨

厌到想喊出来，让全世界都知道。她先是告诉皮博迪夫人只有她才能防止森林火灾，现在又闯了这么大的祸。如果她再给他的工作添麻烦，他会……他会……做点儿什么。至于做什么他自己也不知道。

亨利径直走上台阶，按响了凯利夫人家的门铃。

莉莎透过沾满小指纹的窗户，尖叫道："妈妈，那个男孩又来了！"

门刚打开，亨利先开了口："凯利夫人，很抱歉再次打扰你，但我上一趟来这里，没有收你的钱。"他仍然沉浸在对雷梦拉的厌恶中，忘记了尴尬。

"我就知道你会回来的。"凯利夫人放下手中的清洁海绵，拿起放在门边椅子上的钱包。

亨利收了钱，并给了凯利夫人一张收据。哎，真希望再也不用经历这些了。他最好确保自己以后不再经历这些。

"嗯……凯利夫人，"他大着胆子说，"你希

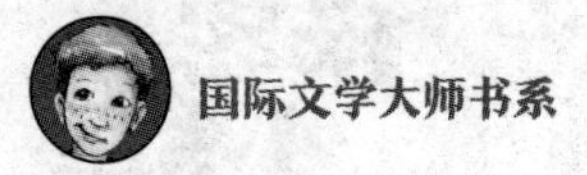

望我哪一天来收征订费？”

“每个月的第一个星期六，”凯利夫人回答道，“那天是发薪水的日子。”

亨利从裤袋里掏出他的送报记录本，在凯利夫人的名字后面记了一条：每月第一个星期六收征订费。这个举动应该能让凯利夫人相信，他是可以胜任收征订费工作的。

“谢谢你。”亨利说完，再次踏上回家的路。此刻，他不再在乎自己是不是又湿又脏。他有四十三个订户，现在他已经收齐了所有人的征订费。在下个月到来之前，他无须再担心这项工作，现在他可以回去搭建秘密小木屋了。

那天下午，亨利第三次经过皮博迪夫人的房子时，她问道：“哈利，你找到你要找的东西了吗？”

“我搞定啦！”现在，亨利非常有信心，总有一天他能想出办法，让皮博迪夫人知道他的名字不是哈利。他甚至还能想出办法，不让雷梦拉给

他的送报工作添乱。他还能想出办法，让她远离小木屋。

亨利意识到，现在已经太晚了，回去已经做不了什么了。明天下午，他要做的第一件事就是做一块牌子，在上面写好：女孩不得入内。

这个方案只有一个漏洞，就是雷梦拉不识字。

第五章
秘密小木屋

只要不下雨，亨利和他的朋友们就在小木屋里努力工作。他们按照莫菲的图纸，量尺寸、锯木板、钉钉子。亨利在送报纸时留意到，他的一位顾客正在用沥青瓦片铺屋顶，他说服那里的工人给了他一些剩余材料，足够他用来铺小木屋的屋顶。他买了两根大铰链，这样小木屋就可以装一个门，一个可以真正打开和关上的门。

比苏斯和雷梦拉，有时还带上莉莎，几乎每

天都过来看搭建的进度。她们会一直待到《巴德警长》快开始了才走，雷梦拉从来不会错过这个节目。

“我能帮上忙，”比苏斯说，“我保证，我会钉钉子。”

“不允许女孩子帮忙。”莫菲简短地说。

“我可以为窗户做窗帘。”比苏斯提议道。

“谁会想要窗帘？”亨利回答道，他本来是愿意让比苏斯帮忙的，比苏斯算是相当聪明的女孩。但与其他男孩子一起工作时，有时他必须按照其他男孩子的方式做事。

于是，比苏斯就坐在亨利家的台阶上看着他们，而雷梦拉则在一旁自娱自乐。在这点上雷梦拉从来没有难倒过自己。她先爬到最高一级台阶上，开始数数：“十，九，八，七，六，五，四，三，二，一。跳！”然后跳到地上。

“我知道从哪里可以弄到一块旧门垫。”比苏斯满怀希望地建议道。

“如果进小木屋还要像进普通房子一样脱鞋子，那小木屋还有什么特别的呢？”罗伯特问道。

比苏斯是不可能提出让男孩子们满意的建议了。“你走开。”莫菲粗鲁地说。

“好吧，你怎么说都对，聪明人！”显然，比苏斯受到了伤害，“随便你们怎么弄。谁在乎？走吧，雷梦拉，我们回家。《巴德警长》要开始了。”

雷梦拉再一次从台阶上跳下来，跟着姐姐一路小跑回了家。

看到比苏斯受到伤害，亨利真的很抱歉。但他不想在其他男孩面前这么说，他们正忙着安装玻璃窗，根本没注意到刚刚发生的事情。

当男孩子们干活的时候，莫菲嘴里念念有词。它们不是词，亨利和罗伯特很难准确地理解他在说什么。不管到底是什么，听上去朗朗上口，很有节奏感。

“你再说一遍，莫菲。”亨利发现自己也想发出那种声音。

莫菲又一次快速地说了一遍。这次亨利听清了两个音：哔和啵。

“嘿，这听上去很酷，”罗伯特说，“你从哪里学的？”

“从我加州的堂兄那里，”莫菲回答道，“他是从一个救生员那里学来的。”

“再说一遍，说慢点儿，”亨利说，“我也想学。”

莫菲放下锤子，缓慢而清晰地背诵起来：

“法哒塔，法哒塔，法哒塔。

哔扑姆，啵扑姆，巴！

啦塔，哒塔，哔，嘘！

阿法，滴滴，啵啵。”

亨利和罗伯特也放下了工具。“法哒塔……法哒塔……法哒塔，”他们刚开始念得很慢，但不一会儿他们就掌握了怎么念，还念得像莫菲一样流畅了。

“嘿，我有个主意！”亨利变得很兴奋，“我们可以组个社团，用它作为我们之间的加密语言，而且我们要一直说得那么快，其他孩子就学不会了。”

“好啊，”罗伯特表示赞同，“所有的孩子都会想学的，但我们不教他们。”

“尤其是女孩子。”莫菲拿起螺丝刀，开始安装门的铰链。

终于，小木屋完工了。用木板拼合的墙壁又密又紧；门的铰链开合很顺；沥青瓦片牢牢地钉在了屋顶上，完全不可能会漏水。太棒了，男孩们无比确定，这个小木屋非常坚固，几乎和真正的屋子一样坚固。他们一会儿捶捶墙壁，一会儿跺跺地板。最好的一点是，如果他们不在里面动来动去，足够三个男孩同时睡在里面。况且，躺在睡袋里谁还能动来动去呢？

“看，小木屋坚固得如同直布罗陀的岩石。”莫菲自豪地说，他可是整个搭建计划的第一工程

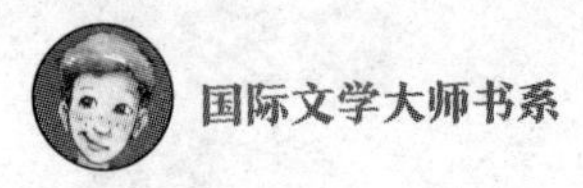

师呢。

然后莫菲搭了一个架子。亨利去地下室把猫头鹰标本拖了出来。他妈妈担心里面有蛀虫，不让他把它放在房间里。亨利把猫头鹰搁到架子上，将猫头鹰放在这里再合适不过了，充满阳刚之气。

“**法哒塔，法哒塔，法哒塔。**”男孩们齐声高喊着。

“等我们都有了睡袋，就可以在这里过夜。”亨利说。

罗伯特和莫菲都已经有了睡袋，所以他就不再往下说了。他可不想让他俩睡在小木屋里，而他只能睡在自己床上。幸运的是，他要去送报纸了，所以大家也无法继续讨论在小木屋过夜的话题了。

随后的日子里，小木屋发生了一系列怪事。一天放学后，亨利发现猫头鹰的玻璃眼睛被转了一下，看起来像斗鸡眼。真搞笑！他转了转猫头鹰的眼睛，恢复了原样，然后就把这个小插曲抛之脑后了。

但是第二天，当亨利和罗伯特走进小木屋时，他们惊讶地发现，那只猫头鹰的眼睛又斜了过来，似乎还在抽烟。经过一番更仔细的检查，他们发现了一小卷白纸，用透明胶带固定在了猫头鹰的嘴里。

“你怎么看！”罗伯特生气地扯下了白纸，而亨利再一次把猫头鹰的眼睛转正。“我敢打赌，一定是比苏斯搞的小把戏。”

亨利也这么想。他有点儿失望，他一直觉得比苏斯是个讲道理的女孩子，竟然也会做这样的事情。不过想想，他之前那么对待她，也没什么可责怪她的……

男孩们在亨利家的车库里找到了一罐油漆。亨利去送报纸了，罗伯特很快用油漆刷了一行字：女孩不得入内——说的就是你。

第二天下午，亨利、罗伯特和莫菲骑着自行车飞快地从学校赶往小木屋，防止比苏斯和雷梦拉搞破坏。他们打开门后，又发现猫头鹰的眼睛变斜

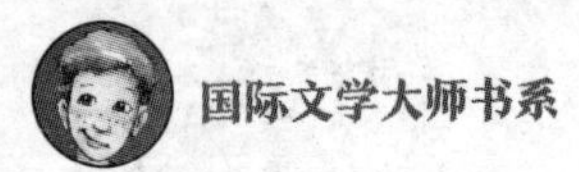

了。这次，它戴着一个洋娃娃才会戴的粉色帽子。如果猫头鹰有下巴的话，估计帽子的丝带会系在下巴上，再打个蝴蝶结。它的嘴里叼着一块牌子，上面用蜡笔写着：打倒男孩！

“嘿，你们怎么看？”亨利大声问，他猜想，比苏斯一定是在早上上学之前来过这里。因为今天下午放学后他们骑得飞快，比苏斯不可能比他们先到达小木屋的。

“真是不可理喻，”罗伯特说，“给我们的猫头鹰戴洋娃娃的帽子！”

“看看，这个女孩子是针对你的。”莫菲撕下了标语。

“我们需要一把锁。”亨利说。

“一把挂锁。”莫菲表示同意。

“一把有钥匙的挂锁。”罗伯特说。

亨利从口袋里掏出了些钱，是他送报纸挣来的。三个男孩骑着车去五金店挑选了一个扣环和一把挂锁。他们回来后，猫头鹰正举着个牌子，上面写着：**哈哈，你们以为自己很聪明吧**。

莫菲把扣环拧上，因为他很擅长使用这样的工具。与此同时，亨利和罗伯特商量着如何保管钥匙，因为挂锁只有两把钥匙，没法做到每个人一

把，所以他们需要找两个藏钥匙的秘密地点。他们压低了声音，小声讨论着，又看了看四周，确定比苏斯没有躲在附近的灌木丛里。最后，他们把一把钥匙藏在了车库里的一个油漆罐下面，另一把则藏在了后走廊的一个花盆下面。他们发誓，每次用完钥匙就把它放回原处，如果无法保证一人一把钥匙，那么任何一个人随身带着钥匙都是不公平的。

亨利又该出发去送报纸了。于是，他们啪的一声上了锁，有一种大功告成的感觉。这样就可以把比苏斯锁在外面了。她现在不可能进得来了。房子搭建得很结实，从旧车库拿来的窗户也不是随便能打得开的。

从那以后，男孩们再也没有遇到过什么麻烦。

他们的下一个工程是粉刷房子。正面和北面刷成白色，背面和南面刷成绿色。同一种颜色的油漆不够，不够男孩们刷整个房子。而且，莫菲指出，无论如何，没有人可以同时看到屋子的四个面。之后的每天下午，亨利在送报纸前都会刷一会儿，然后罗伯特和莫菲在他走后接着刷。

比苏斯和雷梦拉有时会走到屋子前的车道上，看看他们在干什么。

男孩们不理睬她们，她们就识趣地走开了，但并不是安静地走开。因为雷梦拉总是在哼着她从电视上学来的某段曲调，有时是一首洗发水的广告曲，但唱得最多的是跟面包相关的一段旋律，说的是面包如何以八种不同的方式使人们身体变强壮。

“我想我们搞定了她，”男孩们互相庆贺，“她不会再烦我们了。”女孩们离开后，他们唱起暗语：

“法哒塔，法哒塔，法哒塔。
哗扑姆，啵扑姆，巴！
啦塔，哒塔，哗，嘘！
阿法，滴滴，啵啵。”

齐心协力，团结一致。这就是亨利、罗伯特和莫菲。

十一月一个寒冷的下午，亨利从学校回家后，发现妈妈留了一张字条，说她到市区一趟，六点钟才回来。她还告诉他不要吃任何水果派。亨利只好用手指沾了点儿从饼皮边缘渗出来的汁水。嗯——嗯——嗯，黑莓味的。然后，他给自己做了一个花生酱三明治。亨利走到外面，小排骨跟在后面小跑着。他从花盆下面拿出钥匙，打开小木屋的锁，然后小心翼翼地把钥匙放回原处。

亨利走进小木屋，拍了拍猫头鹰的头。屋内的一切都井然有序。小排骨蜷缩在角落里，准备打个盹儿。

“你好。”是雷梦拉的声音。

亨利转过身，看见她坐在后面的台阶上。她裹得严严实实的，天气很冷，她也在吃着花生酱三明治。

“哦……你好，”亨利打了个招呼，“比苏斯呢？”

“在家。”

“她为什么不和你一起来？”亨利觉得，比苏

斯在的时候，雷梦拉就够能惹事的了。现在她姐姐不在，这是亨利非常不想看到的。

“因为你对她很刻薄。”雷梦拉回答。

虽然雷梦拉的话有道理，但亨利听到后有些不舒服。即便如此，男孩有权只做男孩该做的事，不需要女孩的掺和，不是吗？何况，比苏斯也没必要把他们的秘密小木屋弄得一团糟吧？

他看着雷梦拉，她还坐在台阶上嚼着花生酱三明治。“你为什么不回家呢？”他觉得没有必要对雷梦拉如此客气。

“我不想回家。”雷梦拉说完继续嚼着。

行吧，只要三明治能让她老老实实待着……亨利环视了一下小木屋，想看看要如何装修一番。把装橙子的板条箱钉到墙上，正好可以做碗柜。他用手比画了下空间。嗯，板条箱大小正好。

小木屋里突然变暗了。亨利转身一看，门一定是被风关上的。正在此时，他听到啪嗒一声，顿觉不妙。他推了推门，门被锁住了，是从外面锁

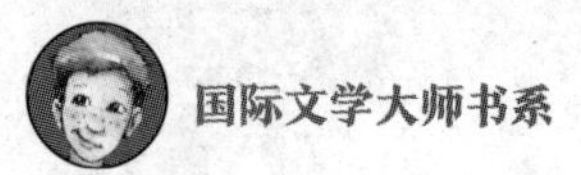

上的。只有一个人可以做到这一点，那就是——雷梦拉。

亨利向窗外望去，看见雷梦拉坐在台阶上，平静地舔着手指。“你让我出去！”他喊道。

雷梦拉自顾自地继续舔手指，过了好一会儿才回应道：“我没有钥匙。”

亨利不吭声了。她当然没有钥匙，两把钥匙都被小心地藏了起来，他也不会告诉任何女孩钥匙在哪里。他总有办法离开这里的。

亨利用肩膀撞了一下门，什么都没发生。门非常结实，一动也不动。他又用肩膀撞了一下墙，什么都没发生。墙也非常结实，一动也不动。亨利揉了揉自己的肩膀，有一点他现在可以确认，莫菲确实把小木屋设计得很好，也许太好了点儿。

接着，他拼命地上下跳动，地板非常结实。亨利总结道，整个小木屋就像监狱一样坚固，现在，他被困在了监狱里。

接着，亨利想到，要不试试打破一扇窗户？他

环顾四周，却找不到一把锤子或一根木棍。如果他用拳头砸玻璃，肯定会割伤自己。而且，即使他真的打碎了玻璃，窗框内部还有四个小窗格，他没有办法把钉在窗框上的木条拿开。

然后，亨利开始大喊大叫。“救命！救命

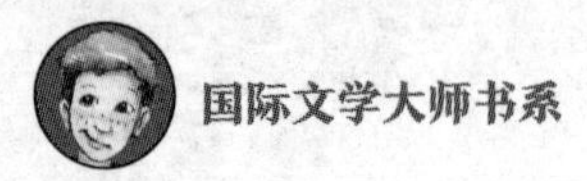

啊！”他扯着嗓子喊，“救命啊！救命！”

小排骨站了起来，叫了几声。什么都没发生——除了，雷梦拉脸上浮现出喜悦的神情。

见鬼了，大家都去哪儿了？

“救——救——救——救命，”雷梦拉说，她说话的时候嘴里会呼出哈气，因为今天下午实在太冷了，她仿佛正在努力地思考，“救命始于字母J！”显然，雷梦拉对自己的这一发现很满意。她的幼儿园老师最近正在教发音。

亨利知道妈妈还在市中心，罗伯特正在理发，比苏斯在家，他不知道莫菲在哪里。此刻，他瞥见隔壁邻居格鲁比夫人正从楼上的窗户往外看。“救命！”他大声喊道，使劲儿地砸门，“放我出去！”

格鲁比夫人点点头，挥了挥手。她已经习惯了男孩们在亨利家的后院玩耍。

无计可施了，那就尽量让自己在这里待得舒服些，一直待到妈妈回来。他坐在地板上，靠着墙。哎，这段等待的时光将无比漫长且寒冷。他又生气

又沮丧。那个雷梦拉……那个讨厌鬼……

突然，亨利跳了起来。报纸！他还要送报纸！他必须得离开这里。他不能被困到六点，否则他就无法按时将报纸送到。他能想象爸爸会怎么说。天哪！

现在唯一能做的，就是告诉雷梦拉钥匙在哪里，并指导她打开挂锁。他冷静下来后发现，其实事情也没那么糟糕。之后他所要做的，就是在雷梦拉回家后，再为钥匙找一个新的秘密地点藏着。

亨利往窗外看，雷梦拉已经从台阶上消失了。显然，在亨利沉默的时候，她已经失去了兴趣，此时她正在车道上蹦蹦跳跳。他可不能让她离开，雷梦拉是他唯一的希望。

“雷梦拉！回来！”亨利大叫道。

雷梦拉停下来，回头看了看。

“你过来，”亨利叫道，“我想告诉你一件事。”

这唤起了雷梦拉的好奇心。她走回来，站在小

木屋的窗户下，抬起头看着亨利。

亨利预感到，如果要让雷梦拉按他期望的那样去做，他最好讲得尽可能生动些。“嘿……雷梦拉，我要告诉你一个秘密。一个大秘密。”

喜欢秘密的雷梦拉看上去被吸引了。

亨利决定继续按这个思路往下讲。“这个秘密，只有男孩子知道。”他特意强调。

“我不喜欢男孩子，”雷梦拉提醒他，“男孩们都很小气。”

亨利心想，他得更加小心地选择他的用词。但他必须抓紧点儿，因为差不多到了出发送报纸的时间了。“全世界只有三个人知道这个秘密。”他观察着雷梦拉的反应。她似乎在等他继续往下说。

亨利尽力压低了声音，但确保雷梦拉隔着玻璃仍旧能听到。“我现在准备告诉你，在哪里能找到小木屋的钥匙——”

“在哪里？”雷梦拉问道。

“等一下，”亨利说，“首先你必须承诺一

件事。”他努力地让这件事在雷梦拉眼里充满神秘感，令人兴奋。但要达到这个效果真的很难，需要很好的演技。他感到厌倦，只想赶紧出去，现在！马上！“如果你答应打开挂锁，我就告诉你钥匙在哪里。”

雷梦拉冷冷地盯着亨利：“我不要……”

“啊？为什么？”亨利绝望了。

“我就是不愿意。”雷梦拉说道。

啊！啊！啊！亨利呻吟着。他很生气，简直要气炸了。那个雷梦拉！她要让他丢了送报纸的工作，然后他就买不成睡袋了，他爸爸还会指责他，再然后，卡珀先生会找一个年龄更大的男孩来替他送报纸……亨利用拳头猛砸小木屋的墙，这反倒让他感觉好多了。他开始捶拳跺脚，大喊大叫。他冷静地想，这样做至少保持了雷梦拉的兴趣。他可不能让她离开。她是他唯一的希望……几乎是他与外部世界的唯一连接。他突然想起来，《巴德警长》的节目快开始了，雷梦拉可从来没有错过《巴德

警长》。

在周围没有人能帮助他出去的情况下，继续大喊“救命”或是“让我出去”似乎很愚蠢。亨利学着像人猿泰山那样吼了一声。雷梦拉坐在小木屋后面的台阶上，用拳头撑着下巴。

“芝麻开门！”亨利大喊，万一有用呢？门还是关着。

被绝望笼罩的亨利，又试着念起小木屋的暗语，希望它能像魔咒一样起作用。

“法哒塔，法哒塔，法哒塔。
哔扑姆，啵扑姆，巴！
啦塔，哒塔，哔，嘘！
阿法，滴滴，啵啵。”

他惊讶地发现，它确实像魔咒一样起了作用。雷梦拉站了起来，走向小木屋的窗边。“再说一遍，亨利。”她哀求道。

这一次，轮到亨利说不了。这带给了他极大的满足感。

“拜托了，亨利。”

亨利发现自己有了讨价还价的筹码。一个喜欢唱电视广告词的女孩自然会喜欢听起来很酷的东西。“你先拿钥匙把挂锁打开，我就再说一遍给你听。”

雷梦拉思考了片刻。“挂——挂——挂——挂锁的开头发音是G！”她得意地说道。

亨利叹了口气。“我知道挂锁的开头发音是G，”他说，“现在你能去拿钥匙了吗？”然后，他急忙补充道，“钥匙的开头发音是Y。”

“我们学校里还没有教到Y。”雷梦拉似乎突然变得可爱起来。“钥匙在哪里？”她问道。

亨利说出了这个秘密，感觉自己变成了罗伯特和莫菲的叛徒。“在后廊的花盆下面。”

雷梦拉找到了钥匙，亨利可以听到她把钥匙插进挂锁的声音。“你可以说了。”她命令道。

亨利飞快地念出了小木屋的暗语。

“现在，打开挂锁。”他乞求道，他可以听到雷梦拉在外面拨弄挂锁的声音。

“我做不到，”她说，“我转不动钥匙。”

亨利把鼻子贴在窗户上。“听着，”他说，“你现在去找比苏斯过来。如果你做好了，我同时教你们两个说暗语。对了……替我跟她说声抱歉。”

我是一个叛徒，亨利对自己说，一个百分之百的叛徒。但他还能怎么做呢？他总得想办法送报纸吧。然后他开始担心雷梦拉。也许她会忘记跟比苏斯说。也许她会想起《巴德警长》，打开电视机，就把他忘得一干二净。

亨利什么也做不了，除了等待。事实上，他并没有等很久，但感觉过了很久。他等了又等，等了又等，等了又等。时间一分一分地过去，小木屋里变得更冷，更潮湿，更像一个地牢了。

终于，亨利听到了车道上传来的脚步声。比苏斯来救他了——他希望如此。比苏斯一个人来的，亨利猜想雷梦拉正待在家里看电视。“嗨，

比苏斯，”他隔着窗户喊道，“你能来，真是太好了……在我……呃……那样对你……之后……”最后几个词特别难以启齿，但亨利说完后，感觉好多了。

比苏斯看起来好像还没有下定决心让亨利出去。“我没说要来放你出去。”她提醒他，“你不想身边有女孩子，你上次说的。”

亨利无言以对。“啊，帮个忙吧，比苏斯，”他恳求道，“我得出发去送报纸了。”

比苏斯想了一会儿。“好吧，我让你出去，但只是因为我知道你必须要去送报纸了，”她同意了，她是个讲道理的女孩，“但先教我暗语。”

亨利知道他被打败了。“哦，好吧，如果你这么想知道。”

“**法哒塔，法哒塔，法哒塔**。”

“**法哒塔，法哒塔，法哒塔**。”比苏斯一个字一个字地重复道。

“哔扑姆，啵扑姆，巴！”

“哔扑姆，啵扑姆，巴！”

幸好，比苏斯学得很快，很快就掌握了这些秘密语言。她是一个讲信用的女孩，她打开挂锁，把它从环扣里取出来。“锁开了。”她说。

“谢谢你，比苏斯。”亨利走出门外，再次感受到新鲜的空气，还有自由。他扶起自行车，要先把报纸折叠好再送出去，现在他没有时间再交谈了。

比苏斯似乎并不介意亨利如此赶时间。“法哒塔，法哒塔，法哒塔，”她念诵着，“再见，亨利。我要回家去了，我承诺要教雷梦拉暗语的。”

亨利一脚跨上自行车，蹬着踏板，沿着车道骑远了。很快，暗语就会传遍整个街区，罗伯特和莫菲可不想这样。他们了解雷梦拉，亨利希望他们能理解，不要太介意。

那个雷梦拉！亨利想。总是给他的送报工作带来麻烦。他必须对她做些什么，但对雷梦拉，到底有谁能做些什么呢？他不知道。他知道的是，如果他要保住他的工作，保住他的小木屋，他最好做点儿什么，而且要尽快。

第六章
亨利写了封信

不出所料，雷梦拉在学会了这些暗语后，一有机会就念出来，很快这段暗语就传遍了整个街区。格伦伍德学校里也传得人尽皆知。亨利每到一处，都能听到“法哒塔，法哒塔，法哒塔”和“哔扑姆，啵扑姆，巴”。他真希望自己从来没有听过这些愚蠢的旋律。不少妈妈也有这样的感觉，她们要求自己的孩子不要再说这些暗语了，但暗语还是在学校里继续传播着：“法哒塔，法哒塔，法

哒塔。”

这都是托雷梦拉的福啊。是的，亨利决定，必须对雷梦拉做些什么，但具体要做什么，他并不知道。

“问你啊，妈妈，”一天晚上亨利说，“我怎样才能不让雷梦拉一直这么讨厌呢？”

“别理她就是了。”哈金斯夫人回答道。

“但是妈妈，”亨利反驳道，“你不了解雷梦拉啊。”

哈金斯夫人笑了：“我了解她。她只是一个活泼的小女孩，有时会调皮捣蛋。别理她，她就不会再打扰你了。她只想要得到关注。”

亨利不禁感到妈妈一点儿都不了解情况。他确实忽略了雷梦拉，这就是全部麻烦的根源。他根本没注意到她的存在，结果被锁在了小木屋里。这可不是一个小小的恶作剧那么简单，她能做出这样的事情，太可怕了。

“你肯定比五岁的孩子点子多吧。”哈金斯先

生跟亨利开起了玩笑。

亨利没法回应爸爸，毕竟，他爸爸整天待在办公室里很安全，也不知道雷梦拉有多麻烦。

一天下午，亨利又去找比苏斯想办法："雷梦拉显然给我的送报工作带来了很多麻烦。难道就没有什么办法让她不再缠着我吗？"

比苏斯叹了口气："我知道。我跟我妈妈说过，妈妈也告诉她要规矩些，但你知道雷梦拉的性格，她根本没听进去。"

"我明白。"亨利沮丧地说。雷梦拉真是个麻烦。当她的妈妈说服她停止做一件烦人的事时，雷梦拉能立即想出另一件不同的但同样烦人的事。要是亨利在雷梦拉行动之前有办法就好了……

一天下午，亨利来到卡珀先生家的车库。这天他有充足的时间叠报纸。他数了数自己的四十三份报纸。只要他到得早，就会花时间浏览一下内容，扫一眼大标题，读一读漫画版。这时，他看到一张照片，照片上微笑着的女士吸引了他的目光。"微笑女士”有个专栏，人们会写信向她诉说烦恼，然后她会给出建议。

亨利正烦恼着，所以他停了下来，开始阅读起她的专栏。一位署名“已破产”的女孩说，她的父亲没有给她足够的零花钱。她需要更多的钱来支付学校午餐费、车费和其他费用，但是她的父亲不能理解。她该怎么办呢？“微笑女士”告诉她，可以和她的父亲商量一下，并向他解释清楚实际花费是多少。“微笑女士”相信她父亲是能够理解的。

亨利仔细考虑了一下。也许他应该给这位女士写信，告诉她雷梦拉的事。他可以写，我有一个问题。我所居住的街区有一个女孩，她有一个妹妹，这个小妹妹总是给我送报纸的工作带来麻烦。我要怎样才能让她停下来？然后他可以在信末署名“厌烦”。

这位女士会如何回复他的信呢？亨利思考着。亲爱的“厌烦”，她会说，但接下来她会说什么呢？也许她会告诉他和雷梦拉的妈妈谈谈这个问题，一切都会好起来的。哦，不，不会好起来的，亨利想，就好像他真的已经读到了这封回信一样。雷梦拉的妈妈知道他面临的问题，但一直没能解决。正如比苏斯所说，雷梦拉听不进去。

亨利开始叠他要送的报纸。一定有人能让雷梦拉听进去的。这时，一张报纸的广告栏里的照片让亨利有了灵感。白胡子老爷爷！雷梦拉可能会听白胡子老爷爷的话，亨利咧嘴一笑。如果他等到平安夜，爬上雷梦拉家的屋顶，用低沉的声音往烟囱里大喊："哈哈哈，雷梦拉·格拉尔黛恩·昆比，你别在亨利送报纸的时候缠着他了，否则我不会给你送礼物的。哈哈哈。"

"哈——哈——哈！"亨利大声说道，想试试他听上去有多像白胡子老爷爷。

就在这时，卡珀先生从后门走了出来。"你以为你是谁？白胡子老爷爷？"他问道。

"不，没这回事。"亨利尴尬极了，继续叠他的报纸。

尽管如此，想象着自己从烟囱里往下对着雷梦拉哈哈哈的样子，亨利满意极了。不幸的是，这个点子还是有个硬伤。在平安夜，或其他任何时候，男孩们都不被允许在邻居家的屋顶上爬来爬去。而且很有可能，雷梦拉连白胡子老爷爷的话都听不进去。要真是这样，亨利也一点儿不会惊讶。

亨利骑着自行车，沿街曲折前行，左边投一份，右边投一份。这时，他看到比苏斯和雷梦拉正匆匆走在人行道上。

雷梦拉戴着用牛皮纸剪出来的胡子，用透明胶带粘在上嘴唇上。亨利认出来了，这次她又在模仿巴德警长的装扮。

“嗨，比苏斯。”他打了个招呼。

雷梦拉拉了拉比苏斯的手，说：“快点儿，快点儿，不然我们要迟到了。”

“我真不明白，”比苏斯说，“她甚至还不会看时间，但她总是知道什么时候《巴德警长》要开始了。”

“小排骨也这样，”亨利说，“它也不会看时间，但它总是知道放学后什么时候可以看到我。”他踩着脚踏车，沿着街道继续往前骑。这时，他突然想到了一个点子——巴德警长！如果有人能让雷梦拉听话，一定非巴德警长莫属了。

这个突如其来的灵感让亨利兴奋不已，以至于他投错了一份报纸，不得不绕回去拿。当然，她会听巴德警长的话，但亨利怎么能让巴德警长告诉雷梦拉，停止纠缠他，不要影响他的工作？给巴德警长写封信，这正是他要做的。巴德警长总是挥舞着大把大把的信，祝观众们生日快乐，祝愿他们能治好麻疹之类的毛病。他总是假装自己也能看到电视机前的观众。亨利从来没有听到他告诉过任何观众不要再纠缠别人，但这并不能证明他不会这么做。无论如何，值得试一试。

亨利一送完报纸，就回家打开了电视机。巴德警长出现在画面上，戴着他那顶标志性的宽边牛仔帽。

这次他还戴了个假鼻子。他一只手拿着麦克风，在广告间隙采访了一排脖子上挂着麦克风的孩子。所有的孩子都向电视机前许许多多的朋友问好。亨利觉得，这个节目很幼稚，尽管他有时仍会在无穷无尽的广告间隙看一会儿动画片。

一般情况下，亨利写信会用打字机，因为这比用钢笔和墨水更好玩。但今天，他太着急做这件事了，没工夫一个键一个键地找字母。他找来一张纸和一支笔，在写完家庭地址和日期之后，开始写正文。

“亲爱的敬长。”这看起来很奇怪，所以他又加了几笔。“亲爱的警帐。”看起来还是很奇怪，所以他去查了查字典。

亨利撕掉了这张纸，从头开始写。“亲爱的巴德警长，”他用最工整的笔迹写道，“我请求你的帮助，有个女孩总是纠缠我，影响我的送报工作。她一直看你的节目，所以你能不能告诉她不要再缠着我了？她的名字是雷梦拉·格拉尔黛恩·昆比。

谢谢你。”亨利签上自己的名字，拿了个信封，在上面写上“寄到电视台转交巴德警长”，然后找了张邮票，出门把信寄出去。

关上邮箱的那一刻，亨利就知道他的计划要行不通了。

巴德警长每周都会收到上千封信。他总是说他收到的信有成千上万封。他总是拿着一大把信，在屏幕前挥舞着。他凭什么会看到这一封信呢？何况

笔迹还是歪歪扭扭的。

尽管心存疑虑，亨利还是抱着一线希望，希望巴德警长真的能读到他的信，帮助他摆脱困境。

这封信将在明天送达，但在节目播出之前，他可能没有时间读信。那也许后天……

两天后，亨利按响了雷梦拉家的门铃，差不多到了《巴德警长》开始的时间了。“你好，比苏斯，”当他的朋友打开门时，亨利问道，“我想问问你——在我开始送报纸前，我们要不要先玩一盘国际跳棋？”

比苏斯看起来很吃惊。她和亨利以前经常玩国际跳棋，但后来他开始送报纸，又花了很多时间搭建小木屋，他就没有时间和她一起玩了。“哦……好啊，进来吧。”

果然如亨利所料，雷梦拉正坐在客厅的垫子上看《巴德警长》，他今天戴着一蓬大胡子。比苏斯去拿国际跳棋的时候，亨利看了会儿节目。

“我要你们这些电视机外面的小家伙们为老巴

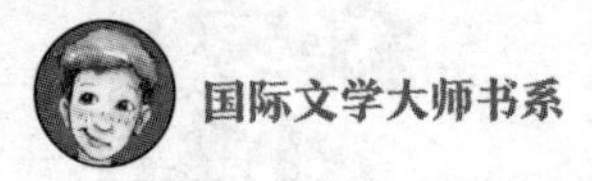

德警长做点儿事，”巴德警长说，“现在就告诉妈妈，就现在，把脆脆牌薯片加到她的购物清单上。我保证，这款薯片永远不会弯曲。去告诉她吧，现在，马上。”他的笑容充满了整个屏幕。

“妈妈！”雷梦拉叫道，“巴德警长说——”

“我不在乎巴德警长说什么，”她妈妈在厨房里回答，听起来很生气，“没有他的指导，我也能写出我的购物清单。”

比苏斯在咖啡桌上摆好棋盘，跪着和亨利开始玩起来。这一次，雷梦拉没有打扰他们。但亨利很难集中注意力，要一边想着跳棋怎么走，一边听着巴德警长在说什么。每当节目开始播放时，他们都会停下来。但是比苏斯仍然连着两局，毫不费力地击败了他。

有段时间，巴德警长挥舞着一捆信件，亨利的希望被点燃了。但他只是祝愿很多人生日快乐，并提到有好多人写信来说，他们喜欢纳西牌坚果棒，它充满了能量。亨利真希望他在给巴德警长的信中

提到，他和雷梦拉一直都在吃这款坚果棒，还吃脆脆牌薯片。

节目结束时，比苏斯赢了第三局。

亨利自然不能让比分停在这一纪录上：“我打赌明天我能赢你。”

“我打赌你赢不了，”比苏斯说，“不过欢迎你随时来我家下棋。”

亨利出发送报纸去了。他送得很快，准时把所有的报纸都送到了。第二天下午，他再次出现在比苏斯家的门口，这一次他要向比苏斯证明，他是能战胜她的。他要把巴德警长忘得一干二净。他觉得自己之前的想法真是太傻了，在成千上万封信中，他的信被电视台选中，并在屏幕前读出来，怎么可能。比苏斯已经在咖啡桌上摆好了棋盘，雷梦拉像往常一样坐在垫子上看《巴德警长》。今天，巴德警长戴着一对大大的假耳朵，他的声音充斥着整个客厅。

“雷梦拉，把电视机声音调小一点儿！”昆比

夫人在厨房里叫道。

雷梦拉没有让步。

这一次，亨利甚至决定连电视上的动画片都不瞧一眼了。比苏斯先走，动了红色的棋子，亨利接着动了他的黑色棋子。比苏斯跳过他的棋子，他又跳过比苏斯的棋子，棋赛开始了。

“现在，电视机外的孩子们，如果你们的妈妈没有一个装满——”巴德警长还没说完。

雷梦拉的妈妈出现在客厅里：“雷梦拉，把电视关掉。我受够了一天到晚听那个人告诉我该买些什么。”

“不要！”雷梦拉尖叫道，“不！我不想把它关掉。”

“那就把音量调低。”昆比夫人说完回到了厨房。这一次，雷梦拉把电视机的声音稍微调低了一点儿。

“该你了。”比苏斯提醒亨利。

亨利研究了下局势。如果他的棋子往那里移，

比苏斯的棋子就可以跳过他。如果他换个方向移，而她下一步按正常的思路移动，那他的棋子就可以跳过她。

“现在开始读今天的观众来信。”巴德警长宣布道。

亨利忍不住瞄了一眼电视屏幕。巴德警长拿着几封信，但这次他直接指向了电视机前的某位观众：“雷梦拉·格拉尔黛恩·昆比，我看到你在那里。”“我看到你在电视机外面。”

亨利和比苏斯丢下了棋子。昆比夫人走出厨房。雷梦拉双手合十，眼睛瞪得圆圆的。“他看到我了。”她一脸崇拜。

“雷梦拉·格拉尔黛恩·昆比，”巴德警长说，“我想让你做一件能让巴德老警长非常非常开心的事情。”

“不管那是什么，我都不会买的。”昆比夫人听起来很气愤。

雷梦拉往前倾了倾身体，眼睛睁得圆圆的，嘴

巴张得大大的。

亨利的眼睛睁得很圆，嘴巴也张得很大。

巴德警长听上去好像是在单独和雷梦拉说话。“雷梦拉，巴德老警长会非常非常开心的，如果你能停止纠缠——”他停下来，眯着眼睛看了看手中的一封信，“——亨利送报纸，你能做到吗？”

“我能。”雷梦拉用很轻的声音回应道。

“很好，”巴德警长说，“我们得确保那些报纸能送出去。如果你不在亨利送报纸时纠缠他，你会让我非常开心，就跟你告诉妈妈你每天午饭都想吃脆脆牌薯片一样开心。现在——”

但是没有人在听电视了。

“亨利！”比苏斯尖叫道，“你听到了吗？”

“我当然听到了。”亨利觉得有点儿不可思议，似乎巴德警长真的能看到雷梦拉。他当然看不到，然而……

“真是的！”昆比夫人啪的一声关掉了电视机，“为了挤进更多的商业广告，那个人真是什么事都做得出来。脆脆牌薯片！拜托！”

只有雷梦拉沉默不语，甚至连昆比夫人关掉了电视机，她都没有抗议。她转头看向亨利，睁大眼睛，一脸敬畏。“你真的认识巴德警长吗？”她问道。

“嗯……我想，你可以认为他是我的一个朋友。”亨利回答，又在心里补充道，“现在是了。”

接着昆比夫人对她的小女儿说：“雷梦拉，你是不是又在亨利送报纸时缠着他了？”

雷梦拉看上去好像快要哭出来了：“我——我不会再这样做了。”

“这样才是个好孩子，”昆比夫人说，“送报纸是一项重要的工作，你不能给亨利添乱。”

“我敢打赌，我能猜到巴德警长是怎么知道这件事的。”比苏斯笑了一下，“该你走了，亨利。”

亨利一边往前挪他的棋子，一边咧着嘴笑。比苏斯迅速跳过他，吃掉了他的两个棋子。好吧，他还在乎什么？这只不过是一场棋赛，送报纸才是他实实在在要做的工作。亨利对雷梦拉做了个鬼脸，她几乎是害羞地回应了一个微笑。亨利移动了另一个棋子，又被比苏斯吃掉了。他一点儿也不在意。雷梦拉将不会再干扰他的送报工作了。如果她再缠着他，他只要说一句“想想巴德警长”，他的麻烦就解决了，就是这么简单。

他终于想到了一个没有任何漏洞的好主意。任何漏洞也没有！

“我赢了！”比苏斯得意地宣布道。

“我会在下一次比赛中击败你。”亨利回应道。这次，他相信自己说的话，下一次，会赢的。

第七章

小跟班雷梦拉

后来，亨利才意识到，他早该想到的，他的计划当然有漏洞，雷梦拉怎么可能不缠着他呢。现在，亨利是巴德警长的朋友，他成了雷梦拉的偶像，无论他去哪里，她都想跟着他。而且，昆比夫人说她很不喜欢《巴德警长》这个节目，不准雷梦拉再看了，永远不许再看。雷梦拉就有了足够多的时间来跟着亨利。

最糟糕的是，亨利一点儿办法也没有，因为

她表现得很乖。亨利叠报纸的时候，她就静静地站在卡珀先生车库的车道边上。亨利竟然希望她来捣乱，这样他就可以借机对她大喊大叫，让她走开。幸运的是，其他的送报男孩都没有太在意她，因为附近很多小孩子都很羡慕送报纸的大男孩。亨利总是欢快地跳上自行车，噌地一下从她身边骑走。如果他走路送报纸，她肯定会跟在他身后。

一天，在学校里，比苏斯说："亨利，我想你不会喜欢雷梦拉今年将会收到的礼物。"

"她会收到什么？"亨利问道。

比苏斯看起来很替他担心："我不能告诉你。我只是觉得最好给你提个醒。"

亨利不知道该如何理解这个提醒。幼儿园女孩想要的节日礼物——一个玩具娃娃或者其他别的什么东西，会给他带来什么麻烦。至于他自己，他希望收到一个睡袋，因为他没有像原本预期的那样尽快地存下送报纸的钱。他为小木屋买钉子和挂锁花了不少钱。他数了数送报纸的收入，发现少了几块

钱，他知道一定是某次找零钱的时候算错了，这导致他收征订费的利润减少了。在完成节日采购后，想买一个睡袋他还差不少钱。

节日的那天早上，亨利打开了一个大包裹，里面不是睡袋，而是一台显微镜。他并不觉得失望，玩显微镜一样可以让他开心。现在天太冷了，反正他妈妈也不会让他睡在室外，下个月他就能攒到足够的钱买睡袋了。

到了下午，亨利开始叠报纸时，他才反应过来，比苏斯之前的提醒是什么意思。他抬起头，雷梦拉穿着滑雪服正站在车道上。亨利丢下了手里叠到一半的报纸，因为他看到，她斜背着一个帆布包，一个小号的帆布包。包上甚至还用红纱线绣着“阅读《每日新闻》”的字样。是绣上去的！这太可怕了。在帆布包的左右两个口袋里，她分别塞了些卷起来的旧报纸。袋子里还装着一只破旧的泰迪熊。雷梦拉自豪地微笑着。

自然地，其他送报男孩在看到亨利的崇拜者

时，几乎都笑得直不起腰。亨利很尴尬，脸涨得通红。他假装没看见雷梦拉，弯下腰，以最快的速度叠完报纸，希望赶紧离开这里。

“亨利，看看白胡子老爷爷给我带来了什么

礼物，”雷梦拉说道，完全不在意旁边人的笑声，“现在我也可以像你一样做个送报员了。”

其他男孩子都开始起哄了。

“你为什么不回家？”亨利生气地问。

“我想看你送报纸。”雷梦拉礼貌地回答。

亨利看得出来，尽管旁边的男孩们在哄笑，雷梦拉仍为有一个自己的送报帆布包感到自豪。亨利对此毫无办法，因为她信守了对巴德警长的承诺，她表现得很乖。亨利再一次明白，他的好点子是有问题的。即使雷梦拉表现得再好，她还是个麻烦。

然后，比苏斯出现了。她穿着一件崭新的带帽子的外套，急匆匆地走上车，说道：“回家吧，雷梦拉，”然后她对亨利说：“我试着提醒过你了。送报帆布包是她这个节日唯一想要的礼物，所以妈妈不得不给她做了一个。这个包做起来很费劲，因为我妈妈找不到一个参照的模板。”

亨利把帆布包斜挎上肩膀，里面塞满了报纸。“无论如何，还是谢谢你。”他懊悔地说，然后一脚跨上自行车，从雷梦拉身边骑过，从一群男孩的哄笑声中骑过。

第二天早上，亨利醒来，发现外面下雪了。开始是几片小雪花，然后是更多更大的雪花。多幸运啊！在放假的时候下雪了。他从卧室的窗户向外望去，小木屋的屋顶上已经积了两指厚的雪。早饭后，亨利把他的木雪橇从地下室拖出来，准备等雪再积厚点儿去雪地上滑行。

整个早上都在下雪。到了中午，雪厚得已经能轻松地堆个雪人了。警察将离亨利家不远的一座小山围了起来，所有的孩子们都能在上面玩滑雪了。亨利滑得很尽兴，还打了好多场雪仗，最后他不得不回家把衣服放进烘干机里烘干，然后再出去接着玩。

没有换雪地轮胎的汽车在结冰的路面上打滑，滑到了路边。有些开车的人碰巧带着铁链，将铁链绑到轮胎上后，轮胎就能在积雪成冰的道路上砰砰地滚起来。三点的时候，哈金斯先生开着车，缓慢地沿着街道行驶，然后眼睁睁地看着车滑进路边的雪堆。他说，市区的商店都关门了，很多人无法过桥，因为街道被那些打滑的汽车堵住了。哈金斯夫人看了看冰箱和橱柜，算了算家里还有多少食物，她没法去桥那边的集市买东西，也不知道送牛奶的人什么时候能过得来。

整个城市都处于一种奇妙的混乱中，亨利享受着混乱的每一分钟。他希望再过几天，甚至几个星期，雪才会融化。接着，他看到送信的邮递员戴着帽子，系着围巾，气喘吁吁地走上台阶，跟平时比起来，已经晚到了好几个小时。这提醒了亨利，他也有工作要完成，在这样的天气里，送报纸可不是件容易的事。不管有没有下雪，报纸必须送到。

出发送报纸前，亨利烘干了他的羊毛手套，这已经是他那天第三次用烘干机了。这次他得步行。在卡珀先生的车库里，在阵阵寒风中，他等了很久，才等来了送报纸的卡车。卡车也是好不容易才开过来的。“大雪像毯子一样覆盖了整座城市”是

那天的头条新闻。

尽管那么冷，雷梦拉依然在等着，身上穿着滑雪服，肩上挎着送报的帆布包。她自顾自地在车道上堆雪人。“**法哒塔，法哒塔，法哒塔**。”她一边堆着雪人，一边自言自语。雪人堆好后，她拿下帆布包，给雪人背上。亨利真希望她就这样把帆布包留在雪人身上，但她没有。她又把它拿回来，挎到了自己的肩上。

当亨利终于用冻得麻木的双手叠完了报纸，他发现这一次雷梦拉是可以跟上他的，因为他只能走路去送报了。她在他身后大约保持三米的距离，跟着他穿过雪地，尽管在雪地上走路并不那么容易。有些地方的雪积得很厚，有些地方的雪已经结成了冰。亨利尽可能快地走着，而雷梦拉始终跟在他后面挣扎着前行。

一位在自家门前铲雪的男子笑嘻嘻地对亨利说：“我看到你有个小跟班。”

然后亨利看到了比苏斯，她穿着靴子从雪地

里跋涉而来。亨利非常高兴。“我们回家吧，雷梦拉，”她用哄小孩子的口气说道，“外面越来越冷了。”

“不，”雷梦拉说，“我想和亨利一起送报纸。”她穿着雪地靴，迈着沉重的步子继续往前走。比苏斯没有办法，只能跟在她后面，小心地看着她。

亨利投出了第一份报纸，它扑通一声落在了门前台阶上的雪堆中。几片雪花轻轻地飘落在报纸上。这样可不行，亨利想。下这么大的雪，不一会儿雪就会积起来的。报纸会被埋起来的，这样就找不到报纸了。他挣扎着往前走了几步，帆布包很沉，他每走一步，帆布包都会敲打在他的腿上。他捡起报纸，按响了门铃，然后把报纸亲手交到了顾客手上。顾客一边感谢他，一边笑着说：“我看到你有个小跟班。”

“是啊。”亨利无精打采地说。

亨利很快意识到，走路的话，帆布包会晃来

晃去，敲打着他的腿，要在厚厚的积雪里前进实在太费力了。“比苏斯，帮我个忙，好吗？”他问，“去把我的雪橇拿来吧。”

“如果我带着雷梦拉一起去，要花很长时间。”比苏斯说，“如果不带她，我可以走得更快。”

确实是这样，雷梦拉的腿很短，她的靴子已经被雪没过了。不过，他真的很需要雪橇。“好吧，她可以跟着我一起走。”亨利知道她会愿意的，不管他愿不愿意。

雷梦拉默默地跟在他的后面，亨利勉强承认，她并没有缠着他。她完全可以站在人行道上，不是吗？要是她不背着那个可笑的帆布包就好了。要是他遇到的每个人都不提“我看到你有个小跟班”就好了。

路过某户人家门口时，雷梦拉随口说道：“这家的门牌号很好认，一〇〇一。”她为自己识数的新本领感到自豪。亨利没有理她。

没过多久，比苏斯赶来了，身后拖着亨利的雪橇。他非常高兴地把装着报纸的包从肩膀上拿下来，放在雪橇上。

“来吧，雷梦拉，”比苏斯再次哄劝她，“要不改天你再去当报童吧。”

“不，我不要，”雷梦拉小声地说，“平时亨利总是骑着他的自行车，我跟不上他。”于是，他们三个一起继续艰难地往前走。

下一栋街边雪堆旁的房子是皮博迪夫人家。

亨利从雪橇上取了一份报纸，蹚着融化的雪水走到前门，按响了门铃。

“哎呀，是哈利！”皮博迪夫人大声说，她只把门打开了一条缝，这样寒气就吹不进去了，“天啊，你真是个体贴的孩子，把报纸直接送到门口来了！”

“他的名字不是哈利！”雷梦拉喊道，“他的名字是亨利！”

皮博迪夫人看起来很吃惊，把门开大了一点

儿。“真的吗？”她问亨利。

“嗯……是的，”亨利承认道，“不过没关系。”他还是很感激雷梦拉说了出来，纠正了皮博迪夫人。尽管这个小女孩身上的帆布包很可怕，但他感到她亲切了许多。

“天哪，我很抱歉，”皮博迪夫人说，“想想看，我一直在叫你哈利，而你的真名却是亨利。我怎么会犯这样的错误？”

“嗯，我知道您叫的是我。”亨利有点儿尴尬。

雷梦拉突然哭了起来。

“走吧，我们回家吧。”比苏斯不耐烦地说。

雷梦拉哭得更厉害了。“我——我太累了。”她抽泣道。

“唉，可怜的小姑娘，”皮博迪夫人说，“她一定是累坏了。如果我能把车从车库里开出来，我会亲自开车送她回家的。”

亨利看着在雪中抽泣的雷梦拉。她的脸冻得通

红，沾满泪痕，靴子埋在雪里，整个人看起来更小了。她用冰冷潮湿的手套揉了揉眼睛，可怜兮兮地吸了吸鼻子。

亨利的心情十分复杂。他还记得她是如何把自己锁在小木屋里的，她是多么令人讨厌。可他又很

感激她，因为她告诉了皮博迪夫人他的真名。哎，亨利想，真是的。事情为什么会变成这样？他为雷梦拉感到抱歉——这次是真的为她感到抱歉。这真是压垮他的最后一根稻草了。他不想为那个身上背着愚蠢的帆布包的雷梦拉感到抱歉。他努力让自己不为她感到抱歉，但他控制不住自己。

“来吧，雷梦拉，”尽管他并不想这么做，“到雪橇上来，我拉你回家。”

“我会帮忙的，”比苏斯感激地把她妹妹抱到雪橇上，放在亨利的那堆报纸前面，“抓牢了。”

亨利和比苏斯抓起绳子，开始拉雪橇。这时街道上几乎没有汽车了，他们可以在被压成冰的雪地上尽情地奔跑，一会儿往上冲，一会儿往下滑。

雷梦拉不哭了。“笨蛋！”她在吸鼻子的时候大叫，“笨蛋！”

“啊，保持安静。”亨利毫不客气地说。他可没有心情跟雷梦拉玩雪橇，他对她的歉意还没到那种程度。

“哦，谢谢你，亨利，”当他们把雷梦拉放到她家门前的台阶上时，比苏斯说，“如果没有你的帮助，我真不知道怎么把她带回家。”

“没关系。”亨利气喘吁吁地往回走，接着送报纸去了。亨利回想着，他似乎从来没有遇到过比今天更糟糕的情况，即使是送超厚的周日版报纸，都是因为雷梦拉。因为下雪，有一半的报纸他必须要送到门口，或者至少塞进邮箱。他穿着厚外套，实在太热了，但当一股冷风从裤脚倒灌进来，双腿却感到瑟瑟发抖。脚上的靴子很重，手套又湿了。他又累又饿，心情低落极了。亨利送完最后一份报纸，拖着雪橇回家的时候，天已经黑了。雪花继续飘着，在街边路灯的照射下，映出点点碎光。

“亨利，我都开始担心你了。”哈金斯夫人说。亨利跺了跺脚，抖掉靴子上的雪，走进厨房。

“在下雪天送报需要花更长的时间。”哈金斯先生指出。

“当然了，爸爸，”亨利表示同意，“你说得

对。”他心想，尤其是在他送报纸的线路上，还住着像雷梦拉这样的人。

第二天雪停了，太阳升起来，整个世界都在闪闪发光，城市开始恢复正常。扫雪机清扫了主要街道，到下午晚些的时候，亨利的大多数邻居都铲掉了自家门口人行道上的积雪。亨利休息的时候，雷梦拉在休息。他要开始送报纸了，她又背上了她的小帆布包。亨利真希望所有积雪都尽快被清除掉，这样他就可以骑自行车了。雷梦拉仍然很乖，一路跟着他。所有正在车道边铲雪的人都停下手中的活，微笑着说："我看到你有个小跟班。"亨利对此毫无办法。他脑海里闪现出一句诗，他曾经在学校里读过：

"我有一个小跟班，和我一起进进出出，

他有什么用呢？我一点儿也看不出来。"

天哪，不管这句诗是谁写的，他真的知道自己在写什么！

第三天又下了点儿雪。人行道上结了冰，路面

太滑了，亨利骑不了自行车。送报纸仍然很困难，亨利和其他男孩只好早早地聚在了一起，开始折叠、清点报纸。亨利刚准备出发送报，卡珀先生走进来，看了看所有的男孩。

他对着亨利咧嘴一笑："嗨，亨利，我看到你的名字上了报纸。"

"谁，我吗？"亨利非常惊讶。

"是，亨利，"卡珀先生翻开一张报纸，"就在这里，社论版。"

亨利听不懂卡珀先生在说什么。他的名字怎么会出现在社论版或者报纸的任何地方呢？一定是另一个同名的亨利。

卡珀先生开始读起来："亲爱的编辑。"

有人给报社写了一封信，这点亨利能明白。

"亲爱的编辑，"卡珀先生念道，"我想请大家注意一个叫亨利的男孩，他给我们街区送报纸。他做得非常出色。"

"嘿，那真的是我！"亨利大声说。

“我就说是你。”卡珀先生应道，继续念给所有的男孩听，“一直以来，亨利送报送得很快，待人也很有礼貌。但我对他印象特别深刻的一次，是昨天下大雪的时候。”

“下雪天送报纸很不容易，但亨利特意按了我家的门铃，把报纸亲自交到我的手上，避免它被积雪埋掉。不仅如此，他还在送报途中抽出时间，用他的雪橇，先把一个又冷又累的小女孩送回了家。报社应该为这位优秀的年轻公民感到骄傲。此致，贝茜·皮博迪。”

亨利一下子不知道该说什么。过了一会儿，他觉得自己好像突然长高了十厘米。

其他送报男孩都用崇拜的目光看着亨利。

斯库特说：“哇，我希望也有人能为我写一封信！”

“我已经送了三年的报纸，还没有人写过一封信给我。”乔伊说。

“我也没有。”其他的男孩都纷纷说道。

“而亨利是我们当中最年轻的送报员。”卡珀先生提醒道，他和善地拍了拍亨利的肩膀，“继续努力，亨利。我为你感到骄傲。”

亨利觉得自己又长高了几厘米。卡珀先生为他感到骄傲。他当着所有其他男孩的面，说了这番话。

亨利在送报的路上，又遇到了雷梦拉，她背着那个送报帆布包。

她滑倒了，一屁股坐在地上。在她开始大叫之前，亨利赶紧把她扶起来。因为他突然意识到，如果不是因为雷梦拉，皮博迪夫人会给报社写信表扬哈利，而不是亨利。这样，卡珀先生就会以为是其他街区的送报员了。亨利知道自己差点儿就错过了这次表扬。

“小心！别再摔倒了，”他提醒雷梦拉，“你可能会受伤的。”然后他开始步行送报纸，雷梦拉跟在他身后三米远的地方。但今天，这不再成为他的困扰。卡珀先生为他感到骄傲，所以他并不在乎

是谁跟在他后面。此外，他还想，等他爸爸晚上读报纸读到皮博迪夫人的信时，会说些什么。

亨利决定什么也不对爸爸说，他想让爸爸在读报纸时自己发现这封信。他爸爸会拿着报纸一直读啊读，突然间，看到亨利的名字。他也许会惊讶得从椅子上跳起来……

那天晚上，亨利感觉他爸爸似乎抽不出时间看报纸了。哈金斯先生先是慢吞吞地吃着甜点，还要了第二杯咖啡。

“你今晚怎么这么焦躁不安呀？”哈金斯先生问道。

“我吗？没有啊，我很正常。”亨利说道，只希望他爸爸能快点儿把那杯咖啡喝完。

“爸爸，我把你的盘子拿到厨房去吧。”亨利提议道。

哈金斯先生有点儿惊讶，他从桌子旁站起来：“也许我该在壁炉里生点儿火，今天晚上太冷了。”

“是吗？爸爸。”亨利说道，“我反而觉得这里太热了。”

哈金斯先生打开了电视机。

这太难熬了，亨利等不下去了。“爸爸，今晚的报纸你看了吗？”他问道。

“我看了一下大标题。怎么了？”

“嗯——我只是想知道，你有没有碰巧看了社论版。”亨利说。

“还没有。”哈金斯先生好奇地看着儿子，“你为什么会这么问？”

“我的名字上报纸了。”亨利的回答里流露出抑制不住的自豪。

“在社论版上？”哈金斯先生拿起报纸，有些难以置信。他把报纸翻到社论版那一页。

“在那儿。”亨利指了指那封信的位置。

“发生了什么事？”哈金斯夫人从厨房走出来，趴在丈夫的肩膀上读着，“哇，亨利！”她大声说，“看皮博迪夫人为你做了件多好的事情啊！”

“亨利，我为你感到骄傲！”哈金斯先生说，“不管外面雪有多大。我要立刻出去买上半打报纸，然后把这期报纸寄给我们家的亲戚。”

“哎呀，谢谢你，爸爸。”亨利谦虚地说。

这句话他已经等了很久了。他终于听到爸爸说为他感到骄傲。

哈金斯先生说：“我不得不承认，你才送报纸没多久，又打算同时搭建小木屋的时候，我不认为你能处理好，但你做得很好。”

爸爸的表扬让亨利感到高兴，同时又有点儿尴尬。

哈金斯先生走到客厅的壁橱前，穿上大衣，戴上帽子。“对了，顺便问一下，”他说，“你买睡袋的钱还差多少？”

“还差五美元的样子。”亨利承认道。

哈金斯先生掏出钱包，递给亨利一张纸币：“拿去吧，明天你去体育用品商店把那个睡袋买下来。”

“谢谢你，爸爸。”亨利接过了纸币，“所以说，下雪的时候我可以睡在秘密小木屋里了吗？”

哈金斯夫人开口了：“不可以，你以为我会想让你感冒吗？”

“但睡袋里装的是羽绒，”亨利提醒道，“所以会很暖和。”

“这我不管，”哈金斯夫人说，“除非在天气暖和的时候，否则你不能睡在户外。”

“好的，妈妈。”亨利同意了，他本来也不指望妈妈会让他睡在户外的雪地上。他将会有一个睡袋，这才是最重要的。他的爸爸和卡珀先生为他感到骄傲，并认为他可以胜任送报工作，这才是最重要的。

“要跟我一起去买报纸吗，亨利？”哈金斯先生问道。

“当然了，爸爸。”亨利从衣柜里取出外套。他戴上帽子，把耳罩拉下来遮住耳朵，心想，皮博迪夫人真是我最好的顾客。他拿起报纸，再一次欣赏了一下印在报纸上的自己的名字。看着看着，他不禁想：也有你的一份功劳，雷梦拉！